前言

在我看来，如果一个人的内心柔软处没有某种动物的一席之地，那这个人不是有问题，就是人性有所缺失。大多数人把狗当成人类最重要的朋友，其次是马，也有人把猫当作最钟爱的宠物，或对猴子宠爱备至，但无论喜欢的是何种动物，只要心中有某种或某几种动物的位置，那这个人的品性就没有问题。

根据一个人所骑的马，可以判断此人的品性，在这一点上，我从未出错过。好马驮着的总是好人，看到那些对自己的马或其他动物不管不顾的人，我总是退避三舍，因为我认为这种家伙最好还是不要认识，认识了也不会有好结果。

至于我本人，我的柔软之处装着的是马。从我初次睁开眼睛开始，我的人生就与马结下了不解之缘，马迈出的每一步都让我赞叹不已。我了解它们，和它们长时间相处，同甘共苦，这让我认识到，人类将马归类为普通动物是一个重大错误。我认为，马对人类而言，是最伟大、最有用、最忠诚、最强大的朋友。它们在感到饥饿或身体劳累时，也从不哀鸣抱怨，一直默默为人类劳作，直到倒下为止。

人们对马的优点并没有充分认识，马身上的优点实在太多了，有待我们慢慢去发现。很少有人真正了解马，即使是驾驭它们的人也是如此，然而它们身上值得我们了解的东西有很多很多。本书只写了一匹马，我刚开始写的时候，还担心没东西可写，但还没写到一半，我就意识到，我必须将内容压缩才能塞下所有我想写的东西；写到最后一章时，我发现，即使我一辈子只写马，就是活到一百岁，我能写出的东西可能也只占我想

牧牛马
斯摩奇

Smoky the Cowhorse

[美] 威尔·詹姆斯◎著　　曹幼南◎译

湖南文艺出版社
HUNAN LITERATURE AND ART PUBLISHING HOUSE

小博集
BOOKY KIDS

·长沙·

图书在版编目（CIP）数据

牧牛马斯摩奇 /（美）威尔·詹姆斯著 ；曹幼南译.

长沙 ：湖南文艺出版社，2024. 11. -- ISBN 978-7
-5726-2010-2

Ⅰ. I712. 84

中国国家版本馆 CIP 数据核字第 2024PT6834 号

上架建议：畅销·儿童文学

MUNIUMA SIMOQI

牧牛马斯摩奇

著　　者：[美]威尔·詹姆斯
译　　者：曹幼南
出 版 人：陈新文
责任编辑：吕苗莉
监　　制：李 炜　张苗苗　文赛峰
策划编辑：马 瑄　李孟思
特约编辑：张晓璐　张丽静
营销支持：付 佳　杨 朔　周晓茜
版式设计：马俊赢
封面设计：梁秋晨
内文排版：金锋工作室
出　　版：湖南文艺出版社
　　　　　（长沙市雨花区东二环一段 508 号　邮编：410014）
网　　址：www.hnwy.net
印　　刷：三河市鑫金马印装有限公司
经　　销：新华书店
开　　本：875 mm × 1230 mm　1/32
字　　数：167 千字
印　　张：11.5
版　　次：2024 年 11 月第 1 版
印　　次：2024 年 11 月第 1 次印刷
书　　号：ISBN 978-7-5726-2010-2
定　　价：30.00 元

若有质量问题，请致电质量监督电话：010-59096394
团购电话：010-59320018

写的一半。

书中所写的这匹马并非个例，像它这样的马不在少数。它不是凭想象虚构出来的形象，它的一切行为都没有违背马的本性。总之，斯摩奇只是马中一员，代表了所有的马，大家记住这一点就够了。

至于驯化了斯摩奇的牛仔克林特，他也并非个例，他只是一个能发现并发掘出马身上优点的人。不管别的作家如何描述牛仔驯马，在这里，我想说的是，我能写出许许多多像克林特一样对马充满感情的牛仔。

但是，斯摩奇遇到的除了克林特，还有其他许许多多、各种各样不懂马之人，这也是我写本故事的缘由。现在，我把斯摩奇的故事呈现出来，让大家认识它，我希望你们认识了它之后，能够像我一样了解马、欣赏马。

目录

第一章

草原马驹

　　这一天，大自然母亲似乎格外眷顾大地，风和日丽，一匹黑色的小马驹降生在了草原上，它的腿颤抖着，极力想从草原枯黄色的草地上站起来。嫩绿的草芽正努力钻过去年的枯草，争着沐浴温暖的阳光。这是一个春日的早晨，地点是草原矮丘的阳面，此时这里景色优美、空气清新，令人心旷神怡。小马驹斯摩奇①出生的时间和地点真是最适宜不过了。

　　此时，"斯摩奇"这个名字并不适合这匹小马驹，

---

① 原文 Smoky，意思是烟灰色的。——译者

因为它的毛发是黑色的。事实上直到四岁，它才开始被人叫作这个名字，那时它接受驯化，开始成为一匹骑乘马。它不是通过马厩隔间的窗户看到第一缕光线的，也没有人在它身边呵护关爱，帮助它站起来，帮助它迈出最初的几步。斯摩奇只是一匹草原小马驹，在它生命中的第一个早晨，陪伴它的只有高度警惕的妈妈。

斯摩奇出生还不到一小时，就开始对周围好奇起来。春天和煦的阳光照射在它光滑的黑色皮毛上，温暖着它那小小的身体。它很快就摇摇晃晃地抬起了头，开始对着伸到它面前的长腿嗅来嗅去。它的妈妈就守在它身边，小马驹一动，妈妈就用鼻子嗅嗅它短短的脖子，嘶鸣了一声。听到声音，斯摩奇的头又抬高了一些，发出第一声轻微的嘶叫回应妈妈。当然，人们必须凑得很近才能听到它的叫声，但如果你能看到它翕动的鼻孔，就会知道它确实是在嘶叫。

斯摩奇的生命历程就这样开始了。很快，它的耳朵开始来回转动，捕捉妈妈挪动时发出的声音。它正努力寻找妈妈的位置。接着，有什么东西在它眼前移动了大约一英尺①。那东西在那里已经很久了，只是它之前没有注意到，而且它的视线还有点模糊，直到那东西又动了一下，靠它更近了些，它才对那东西产生兴趣。

由于那东西就在它跟前，它狠狠地嗅了一下。这气味自动记在了它的大脑里，同时给它传达出"一切都很好"的信息。因为那不过是妈妈的一条腿。它的耳朵竖了起来，又试着叫了一声，这一声比第一声响亮多了。

成功了一次，就想成功第二次。小马驹拼力想站起来，但它的腿却不听使唤，就在它刚刚撑起肚子离开地面，准备歇息一下再使劲的时候，其中一条前腿颤抖了一下，膝盖一弯，整个身体又倒了下去。

它侧身躺在那里，呼吸急促。妈妈轻声鼓励着它。没过多久，它又抬起头，四条腿也像之前一样叉开。它打算再试一次，但这一次它想要更有把握。它仿佛在仔

---

① 英尺：英美制长度单位，1 英尺合 0.3048 米。——编者

细研究，嗅了嗅自己的腿，又嗅了嗅泥土，好像在努力思考怎样才能让腿一条接着一条地站起来。妈妈一直在围着它打转，用马的语言跟它说话，不时用鼻子轻轻推推它，然后走开一点，在旁边看着它。

我认为，春天的空气对所有幼小的生灵都有益，在春天的空气的滋养下，斯摩奇不会长时间躺着不动的。它的视觉变得越来越清晰，体力也在快速增长。不远处，在斯摩奇的视力还看不到的地方，有一群小牛犊在嬉戏打闹。那些脸上长着白斑的小家伙们对着它们的妈妈"哞哞"大叫，它们跑出去一段距离，又翘起尾巴跑回来，速度之快让灵缇犬都自叹不如。

也有其他小马驹在到处嬉戏玩耍，把好好的草皮踢得稀巴烂。那些小牛犊、小马驹，甚至是分散在草场上的所有牛和马，都曾经历过斯摩奇此时正在经历的挣扎与无助。其中有几个第一次睁开眼睛时，还没有斯摩奇这么幸运。它们出生时，不是地面上还覆盖着皑皑白雪，就是寒冷的春雨倾盆而下，把它们淋得浑身湿透。

　　斯摩奇的妈妈在斯摩奇出生的几天前偷偷离开马群，躲到了一个僻静的地方。在这里，它确信周围不会有牛群、马群或骑手来打扰。再过几天，等斯摩奇强壮一些，有力气能走能跑时，它再带斯摩奇回马群。但在此期间，它只想和它的孩子独处，把所有的注意力都放在孩子身上，而不必分心去驱赶好奇的大公马或嫉妒它的小母马。

　　斯摩奇的妈妈是一匹草原马，也就是说，它以野马血统为主。当严冬来临，牧场被厚厚的积雪覆盖，它知道在那高高的山脊上，强风会把有些地方的雪吹走，让它能吃到下面的草。当旱季来临，牧草枯萎，水源匮乏，它能循着空气中的水分，离开自己的家乡草场，穿过平原，到达受干旱影响较小的高山地区。高山上有美洲狮和狼出没，但它凭着野马的直觉，成为"适者"存活下来。它从不涉足狮子可能伏击它的地方，也从不给狼群围堵它的机会。

　　斯摩奇也继承了妈妈的这种直觉，但在这个宁静的春日早晨，它完全不需要担心敌人的存在。妈妈在这里守护着它，此外，有一项艰巨的任务占据了它所有的心思，那就是依靠它身上长的那几条长长的东西站立起来。这几条东西还不听使唤，胡乱叉开着。

它首先要做的是把四条腿聚拢起来，再试一次。这一步它轻而易举地做到了，接着它等待了一会儿，积蓄着全身的力量。它对着地面嗅了嗅，像是在确认地面的存在，然后抬起头，将前腿伸到身前，后腿压在身下，用尽全部力量将身体的重心移到前腿上，让自己撑着前腿站立起来，最后后腿站直，稳住身体。幸运的是，它的几条腿之间的距离恰到好处，让它能稳稳地站住。它所要做的就是绷直腿，不让它们弯曲，要做到这一点也不容易，因为光是站起来就已经耗尽了它的力气，它的长腿一直在抖个不停。

也许如果没有它妈妈叫的那一声"真是个好孩子!"，一切都会很顺利，但妈妈的那一声让斯摩奇前功尽弃，因为它像孔雀一样骄傲地昂起头，完全忘记了要绷直腿，结果，它四肢一软，和之前一样又躺到了地上。

但这次它没躺多久。它要么是喜欢上了这种站起来又倒下去的动作，要么就是被激怒了。它又站了起来，虽然颤颤巍巍，但它还是站了起来。妈妈来到它的身边，嗅了嗅它，它也嗅了嗅妈妈以示回应。随即，大自然母亲又一次施展了她的魔力，斯摩奇开始吃奶了。营养丰富的乳汁一吸入肚子，肠胃就暖和起来，它很快就有了力气。出生才一个半小时，斯摩奇已经学会了站立。

那天接下来的时间里，斯摩奇过得十分充实。它探索了周围，爬上了两英尺高的"山峰"，越过了六到八英尺宽的"山谷"，甚至还独自跑到了离妈妈有十二英尺远的地方。还有一次，它被一块石头吓了一跳，那是一块"面目凶狠"的石头，它在经过时不小心踢了那块石头一脚。一天之内做这么多事情，它的身体几乎承受不住，差一点又躺到了地上。但是，受幸运之神的眷顾，总的来说，它这一天过得很快乐。太阳从西边蓝色的山脊处落了下去，斯摩奇却错过了它生命中第一个日落时的美景，因为那时它正躺在地上，四肢伸展，已酣然入睡。这一次是它自愿躺下的。

夜晚相较于白天毫不逊色。繁星如许，映照夜空，勇士们在北斗星的指引下追逐着野牛。不过，斯摩奇对这一切浑然不知，它还沉浸在睡梦中。生命第一天的种种冒险让它筋疲力尽，此时它正慢慢恢复体力，要不是一直守护在旁的妈妈不小心踩到了它的尾巴，它可能还会沉睡很久。

斯摩奇一定是在做噩梦，想必是本能让它在睡梦中遇到了某个敌人，那样子像一只狼或一头熊的敌人正把它逼入绝境。总之，它感觉自己的尾巴一痛，自认为到了反击敌人的时候。于是，它就真的行动起来，从妈妈的怀里一跃而起，准备战斗。它仔细打量周围，寻找刚刚咬了自己尾巴的敌人，最后在搜寻敌人的过程中，跑出了妈妈身体的护佑范围。它这才意识到，它是安全的，刚刚不过是场梦而已。之前太过于紧张，顾不上其他，此时它才感觉到饿了，又依偎在妈妈的怀里，吮吸起妈妈营养丰富的温暖乳汁来。

东方的天空开始泛白，星光逐渐暗淡，追赶野牛的猎人们也已经去休息了。距离斯摩奇从噩梦中惊醒已经过去了几个小时，它又睡着了。它错过了生命中的第一个日落，现在，它又错过了第一个日出。它在为新一天的探险做准备，充足的睡眠和乳汁为它积蓄能量，使它能够适应接下来的长途旅行。

太阳高照，温暖的阳光普照大地，斯摩奇这才慢慢苏醒过来。阳光照得它全身暖洋洋的，不久，它的一只耳朵动了动，然后是另外一只。它深深地吸了口气，伸了一个懒腰，这才完全醒了过来。这时，妈妈叫了一声，这一声很管用，斯摩奇抬起头，看向四周，起身站了起来。

斯摩奇喝完奶后，重要的一天就开始了，它要在这一天学会如何觅食。它的妈妈要去吃草，径直往南边一英里①左右的树林方向走去。林边有一汪清泉，斯摩奇的妈妈此时想要喝水，它很想喝那里的清凉泉水，但从它行走的方式来看，你绝对猜不到这一点。它不时地低头去闻周围的草，然后再停下脚步等待一段时间，让斯摩奇不仅能跟上来，而且还有时间去探索地面上的其他事物。

有一次，一只小棉尾兔从斯摩奇鼻子底下跳了出来，看到斯摩奇后它吓得站在那里一动不动，但很快就从斯摩奇的长腿间蹿了过去，朝着它的洞穴跑去。斯摩奇从未见过兔子，也不知道这儿有只兔子，否则它可能早就跑开了，因为它一直在寻找一个可以让自己跑起来的机会，现在这机会终于找到了。它跨过了一丛高高的干草，肚子被弄得痒痒的，它发出了一声怪叫，拔腿便跑。

它的几条长腿相互磕磕绊绊，但奔跑的速度却越来

---

① 英里：英美制长度单位，1 英里合 1.609 千米。——编者

越快。它绕圈跑了一阵，最后跑着跑着，竟背离了妈妈前进的方向。妈妈出声唤它回来，在原地耐心地等待着它。它跑了一会儿，掉转方向，再次向着妈妈跑去，就好像它在尽头又遇到了另一个敌人一样。快跑到妈妈身边时，它弓背一跳，嘶叫了一声，又打了个响鼻，终于停了下来——它果然是一匹野性十足的小马。

母子俩花了几个小时才走完那一英里路，终于来到泉水边。妈妈一口气喝了不少甘甜的泉水，长长地喘了几口气后，接着又喝了一些，这才渴意全消。斯摩奇也走了过去，在泉水边嗅了嗅，但没有喝水。在它看来，水就像四周稀薄的空气，就像那些新长出来的一丛丛嫩绿小草，只是供它奔波玩乐的场所中的一部分。

这一天接下来的时间里，它们一直待在泉水附近，斯摩奇经历了各种各样的冒险。除了躺下睡觉的时间，它都会去棉白杨林里探险，每每都会被里面的大树桩吓一跳，然而它却乐此不疲。

不过，这里还隐藏着比树桩更危险的东西，比如，一只郊狼此刻正盘踞在附近，透过枯柳枝观察斯摩奇。它对斯摩奇的嬉戏玩耍行为一点都不感兴趣，只希望小马驹的妈妈能离得远一些，这样，它才有机会把小马驹扑倒。它最喜欢吃小马驹肉了，绝不会放过任何机会，哪怕等上一整天都愿意。

郊狼有过几次出击的机会，但都因为斯摩奇的妈妈靠得太近而放弃了。它知道自己一旦暴露，很可能会被母马的马蹄踏扁。最后，它意识到自己再在原地待下去也吃不到小马驹，于是愤愤地吐出一口气，从藏身处走了出来。它一直隔着柳树行走，躲避着马的视线，最后跑到了安全距离外，到达了一处视野宽阔之地。它又蹲坐下来，这下周围没有什么东西可以遮掩它了。它还没有做好决定，不确定是离开，还是再逗留一段时间。正在这时，斯摩奇发现了它。

对斯摩奇来说，那只郊狼不过是另一个树桩，但比它踢过的其他树桩更为有趣，因为那个树桩会动，肯定会更有意思。于是它弓起脖子，尾巴微卷，小跑着冲向那个树桩。郊狼就在原地等着，等到小马驹跑到离它不远的地方时，它才起身跑开，速度不快不慢，小马驹出于好奇很可能会跟在它后面。要是它能引着小马驹越过山脊，离开它妈妈的视线就好了。

斯摩奇觉得这一切都很好玩，而且它也想搞清楚那个会走又会跑的灰黄色东西是什么，长得一点也不像它的妈妈。本能一直在警告它停止追逐，但强烈的好奇心占了上风，直到翻过山丘，它的本能才战胜了好奇心，意识到了事情不太对劲。

郊狼转过身，以迅雷不及掩耳之势扑向斯摩奇的喉咙。野马世世代代都在与狼和美洲狮搏斗，斯摩奇身体里也是同样的血脉，正是这种血脉救了这匹小马驹一命。凭着与生俱来的本能，它在最危急的时刻做出了正确的反应，两条后腿同时发力，以比闪电还快的速度一跃而起，最后郊狼的牙齿只划过了它下巴上的皮肤。但即便如此，要完全摆脱敌人也不是那么容易（这次是真正的敌人无疑），当它后踢时，腿部明显感觉到了郊狼的重量，随即一阵剧痛从后腿肌腱处传来。

期摩奇惊恐万分，发出了一声尖锐的惨叫，足以惊动附近的所有生物。这声叫喊显然是求救信号，马上就得到了回应。它的妈妈听到后，如箭一般飞奔上山丘，一眼就看清了此时的形势。它耳朵背向后面，嘴巴一张，亮出森森白牙，脚蹄高抬，像点燃的炸药一样加入了战斗。

战斗很快就结束了，大块大块的黄色狼毛漫天飞舞。接着上演了一场追逐战，斯摩奇的妈妈对郊狼紧追不舍，一直追到郊狼跑过另一座山丘消失为止。

斯摩奇高兴地跟着妈妈回到泉水的另一边。路上经过树桩时，它不再一惊一乍，对那些刺得它肚子痒痒的干草也没有了兴趣。它又饿又累，喝饱奶后，立刻找了个地方躺了下来，让疲惫的身体好好休息一下。它的一条后腿上有一处流血的伤口，血已经逐渐凝固，伤口处不再疼痛。太阳落山时，妈妈的影子被拉得很长，覆盖到了它身上。此时，它已经熟睡，也许还梦到了树桩，那个会动的"树桩"。

第二天早上，太阳出来时，斯摩奇也起来了，它睡眼惺忪，眼睛半闭，就像它身旁的那块大石头一样，静静地站在那里晒着太阳。僵硬的后腿提醒着它前一天的经历，但它努力不去想那段经历，即便后腿僵硬，也不能阻止它去体验全新的一天。它会永远记住那只郊狼，自此再也不会把郊狼错当成树桩，但那段经历绝不会影响它开心快乐的生活。

斯摩奇已经出生两天了，体力增长很快，它觉得走多远的路对自己来说都没问题。那天上午，太阳出来几个小时后，妈妈向它示意，它们要慢慢地往前走了，它不能再拖拖拉拉落在后面。走着走着，它后腿的僵硬感逐渐消失。到了下午，它恢复了精神头，又变得一惊一乍起来，有时无缘无故也要咋呼一番。

它们不停地走哇走，斯摩奇觉得脚下的路似乎没有尽头。它们沿着山脚下的平地绕过大山，翻过一座高高的山脊，蹚过一条条小溪，可妈妈还是在不停地向前走，甚至都不愿意停下来让斯摩奇吃奶。斯摩奇越走越烦躁，也越走越疲惫。

一直到太阳快落山时，它们的脚步才放缓下来，最后妈妈终于停下来吃草了。斯摩奇则瘫倒在地上，呼呼大睡起来。斯摩奇不知道也不太在意的是，妈妈正带着它赶回自己生活的那片草场，那里有很多它们的同类，会有其他小马驹陪斯摩奇玩耍。那天深夜，妈妈还要带着它再次踏上旅途，可想而知，它有多么不情愿。

终于，它们似乎到达了目的地，因为妈妈在小溪边喝完水后，就到树林边去吃草了，没有表现出任何想要继续走的迹象。斯摩奇非常乐意利用这段时间，在此地好好休息一下。太阳升起来了，斯摩奇却还躺在刚开始长出嫩叶的杨树的树荫下。它还在沉睡，要不是耳朵时不时抽动一下，一定会有人怀疑它是否还活着。

这一天，草地上没怎么出现斯摩奇的身影。它偶尔会起来吃奶，但接着又会伸展四肢，平躺到温暖的地面上继续睡觉。

就这样，直到第二天半夜，它都是吃了睡，睡了吃。快到天亮的时候，它才觉得自己恢复了精神。

此时，它体力充沛，比以前更强壮了，视力也有了很大的提升，能看到的距离几乎达到了妈妈的一半。那天清晨，妈妈看到一群前来饮水的马，立刻认出了马群，发出一声嘶鸣。斯摩奇听后觉得很奇怪，因为它就在妈妈身边，妈妈为什么还要叫唤呢？但很快，它就听到了马群正向自己走来的声音。它竖起耳朵听着，过了一会儿，它终于看清了它们的身形，居然有这么多和它妈妈长得相像的生物，斯摩奇的身体颤抖了一下。它心中升起了浓厚的兴趣，尽管直觉告诉它没有危险，但在彻底弄清楚状况之前，它还不想离开妈妈身边。

妈妈的耳朵向前竖起，看着马群走近。很快，领头的马匹就发现了小斯摩奇，马群立刻骚动起来，大家纷纷朝着斯摩奇围过来，想看看这个新来的小家伙，并来和它打个招呼。这时，妈妈的耳朵向后拉直——这是一种警告，警告它们不要靠得太近。

突然看到这么多同类，小斯摩奇吓得四肢发抖。它有点害怕地依偎着妈妈，但还是高高地抬起头，大大方方地面对着大家。从它亮晶晶的眼睛里可以看出，它喜欢这样的会面。马群中有一匹公马胆子比其他马大，靠近斯摩奇，和它碰了碰鼻子，立刻就被斯摩奇的妈妈咬了一口。斯摩奇玩心顿起，想帮妈妈一把，也上去咬一口。

斯摩奇与马群的初次会面持续了一个多小时。妈妈一直守护在旁，它并不担心其他马会伤害斯摩奇，而是希望大家从一开始就明白，斯摩奇是它的小马驹，有关斯摩奇的一切，只有它才有发言权。大家终于明白了它的意思。马群花了一天多的时间，才习惯这个新成员的存在，不再对它大惊小怪。

马群里的马都争着想要接近这匹新来的小马驹，为此，它们争风吃醋、打架斗殴。斯摩奇的妈妈从一开始就宣布了自己的地位，因此所有马都理所当然地认为它在斯摩奇心中的地位不可撼动，也从来没有动过要把它从斯摩奇的身边赶走的念头。无论是雌雄老幼，大家都争着想要陪斯摩奇玩耍，和它的妈妈一起照看它，都认为自己最适合这份美差。最后胜出的是马群的头马，一匹高大的鹿皮色骑乘马。它向其他马宣布，它将是斯摩奇各方面的监护者，地位仅次于斯摩奇的妈妈。它迅猛地踢出几脚，击中了几匹马的肋骨，在它们光滑的皮毛上留下了自己的齿印，最后目光扫视四周，确定所有的马都没有异议后，才朝着斯摩奇走了过去。斯摩奇在妈妈的陪伴下饶有兴致地旁观了整件事情的经过。

除了斯摩奇，马群里还有另外三匹小马驹。每当有小家伙新加入马群，头马都要和马群里的其他马较量一番，打败它们，从而获得新成员的监护权。这次，斯摩奇是新成员，头马再次拥有了优先权。它是一匹老马，身上到处都是伤疤，表明它曾多次打架受伤；背上有马鞍的痕迹，表明它曾是一匹相当优秀的牧牛马。现在，它已经退休，能优哉游哉地享受生活了，余下的时光只需要为冬天挑选一个有草料的地方，为夏天挑选一个有鲜嫩绿草的阴凉地。除此之外，它的兴趣爱好就是关注春天出生的小马驹。

斯摩奇的妈妈很年轻，至少比鹿皮色马年轻十岁，但在玩耍时，鹿皮色马表现得反而更像是一匹小马驹。妈妈对斯摩奇有抚育责任，允许斯摩奇和自己嬉戏玩耍，让它踢，让它咬，但从不主动和斯摩奇玩耍，偶尔斯摩奇玩起来没有分寸，妈妈还会警告斯摩奇。妈妈全心全意地爱着斯摩奇，随时可以为它献出生命。妈妈的主要心思在于保持良好的身体状态，为斯摩奇提供营养充足的乳汁，让它不至于发育不良。妈妈可没有时间玩耍。

老鹿皮色马正好弥补了这一缺失。它和斯摩奇很快就熟悉了起来，没过多久，它们就玩在了一处。斯摩奇踢它，鹿皮色马则动作轻柔而小心地用鼻子碰了碰斯摩奇的胁腹，接着就跑开了，小马驹跟上去，追着鹿皮色马满草原跑，玩得不亦乐乎。马群里的其他马看着这两匹马在一起玩耍，眼神中流露出毫不掩饰的嫉妒。

斯摩奇的妈妈一直盯着鹿皮色马，但从不干涉，只有当斯摩奇又累又饿地回到它身边时，它才会背起耳朵，警告鹿皮色马不要靠近。

过了好儿天，鹿皮色马才允许其他马靠近斯摩奇，因为鹿皮色马发现自己做不了斯摩奇的主。斯摩奇有自己的想法，它还想和其他马一起玩耍，而鹿皮色马能做的不过是阻止其他马靠近。阻止其他马靠近也是一项艰巨的任务，特别是如果斯摩奇真的想和它们一起玩的话。因此，鹿皮色马最终不得不放弃，只是尽量确保其他马不会伤害斯摩奇。事实上其他马并不想伤害斯摩奇，反而好像是斯摩奇在威胁它们，经常出现的情形是：斯摩奇紧紧追着某匹大马，就像要把大马吃掉一样，而那匹大马只会仓皇逃窜，就像有鬼在后面追它一样。

在两个多星期里，斯摩奇一直是马群的老大，是全马群的宠儿，直到有一天，另一个小家伙跟在它妈妈身边加入了马群。这是一匹刚出生才两天的枣红色小马驹。斯摩奇被大家晾在一旁，目睹了那匹小马驹的到来引发的马群骚动，那情形如同自己刚来的那天早上一般。鹿皮色马像以前一样，打败了其他对手，赢得了新成员的心。随即它就把斯摩奇抛到了脑后。

不过斯摩奇从不认为这有什么不对的地方，它继续和愿意同它玩耍的马玩耍。没过多久，它就和一匹小母马玩到了一处，之后又和其他小马驹打成了一片。

从那时起，斯摩奇更加自由自在了。它能走很远的路了，没有大马在后面跟着也能出去玩，但它从不走远，即便走远，也会飞快地跑回来。在这春天的日子里，斯摩奇过得快乐而又充实。它发现了很多新鲜事物：草很丰美，在阳光的照耀下，水也很好喝。它又看到了郊狼，随着自己的体格越长越大，它逐渐不再惧怕它们，最后发展到一看见郊狼它就上前去追赶。

有一天，斯摩奇又遇见了一只黄色的动物。它看起来没什么危险性，斯摩奇分辨不出它到底是什么，于是决定去搞清楚。它跟着那只动物来到柳树边，奇怪的是，那动物似乎一点也不着急逃走，一边哼哼唧唧，一边慢腾腾地往前挪。斯摩奇很想抬起前蹄踏在它身上，揉一揉它，但幸运的是，斯摩奇没找到机会下脚，因为那动物钻到了柳树下，只留下尾巴在外面。斯摩奇凑过去嗅了嗅，除了发现它有点抖动外，别的什么也没发现。那动物看起来并不危险，于是斯摩奇又凑近嗅了嗅，这下可坏事了——它发出一声尖叫，并打了个响鼻，因为它感觉自己的鼻孔被四英寸①长的豪猪刚毛刺穿了，有多处伤口。

斯摩奇还算幸运，因为它要是再凑近几英寸，豪猪刚毛会深深地扎进它的鼻腔内，刺入更靠近眼睛的地方，造成鼻孔处高高肿起，使它无法进食，它很可能因此饿死。现在，只有几根刚毛扎到了它的鼻孔，并不严重，这对它来说就算是一个小小的教训吧。

几天后，它又遇到了一种陌生的动物，或者说是一

---

① 英寸：英美制长度单位，1 英寸合 2.54 厘米。

群陌生的动物，因为它们数量众多。不知为什么，它对这群动物并不感兴趣，不过，既然它们就在跟前，或许它可以仔细研究一下。况且，它也没有别的事可做，妈妈就在不远处。它昂首阔步地朝着那群动物中最小的一只走去，在这个过程中，它的本能并没有发出任何警告。它不怕那只动物，那只动物似乎也不怕它，所以斯摩奇不断靠近，最后在距离对方只剩几英尺处才停下来。斯摩奇和这只陌生的动物都很年幼，好奇心很强，它们都还不知道，在它们长大后，会常常见到对方的同类。这两种动物会有许多机会相遇，比如在"筛检场"上，在"日间放牧"和"夜间守卫"时，在漫长、炎热和尘土飞扬的跋涉中。到那时，会有一个牛仔骑着斯摩奇，赶着一大群斯摩奇目前正在研究的小家伙的同类前行。到那时，它们都已经长大，会有新的幼崽取代它们在族群里的位置，而它们则被赶往运输点。

但现在的斯摩奇还不担心这些，甚至没想过接下来会如何，和它交换眼神的白脸小牛也是如此。看到长着分蹄的长耳小家伙被它的妈妈叫回了身边，斯摩奇扬起后蹄，低下头，一路又蹦又跳地跑回到了妈妈和其他马群成员吃草的地方。

第二章

遇见人类

　　漫长的春日已经过去，更加暖和的盛夏来临。除了高高的山峰上和深而窄的峡谷谷底，其他地方已经看不到积雪。在山峰上，虽有阳光的照耀，但积雪还未完全融化，岩石的背阴处还残存着积雪凝成的冰层。而融化了的雪水不断渗出，形成泉水和溪流，一直流向下方的平原。

　　这里的草更绿，飞蝇也更少，而且总是凉风习习，令人感觉清凉舒爽。那些松树零零散散地生长在原野上，树荫下更是凉爽宜人。斯摩奇和妈妈，以及整个马群就在这一带活动。这片岩石林立、崎岖不平的山地对斯摩奇的成长起到了重要作用。它在陡峭的山脊上玩耍时，页岩让它脚下打滑、脚步不稳，这大大锻炼了它的腿部力量，走路时四肢不再发抖摇晃。它的四肢变得更加粗壮，与身体也更加协调，运动起来也更加自如了。它的蹄子早已褪去了粉红色的软壳，换成了一层灰色的硬甲，蹄甲像钢铁一样坚硬。它跳跃着冲下岩石崎岖的峡谷，轻松越过横倒着的树木，也许它下坡的本领还不能和高山山羊相比，但它的速度更快，胆子更大，最后总是能安全到达谷底。

有一天，斯摩奇又一次冲下山脊时，差点撞上一只棕黄色的幼崽。幼崽蜷缩在一个大树桩上睡觉，斯摩奇站在原地观察了片刻，突然，小东西从树桩上滚了下来，因疼痛发出了一声低吼，这叫声吸引了另一边的母兽的注意。

幼崽的举动让斯摩奇犹豫了：是站在原地不动，还是掉头逃跑，抑或是跟上去探究一下？最后还是好奇心占了上风，它低下头，踱着步子，跟上了这只毛茸茸的陌生幼崽。它越过枯木，跨过水沟，钻过树枝，距离对方越来越近。它本想继续再追赶一段，然而，正当它觉得事情越来越有趣时，突然传来一声巨响，紧接着它右边一阵尘土飞扬，那动静就像是发生了山体滑坡一样。一瞬间，一个又大又圆的棕色脑袋从乱七八糟的断树枝和灌木丛中钻了出来，斯摩奇瞥了一眼，只见那脑袋上面有着两只冒火的小眼睛和闪着森森寒光的尖牙。紧接着那怪兽发出一声惊天动地的怒吼，斯摩奇立刻拔腿就跑。掉头时，它的蹄子在地面刮出了一道深深的口子，也顾不上优雅地踱步了，它加快速度，朝着妈妈和安全的地方飞奔而去。

斯摩奇穿过树林，逃到了开阔之地。一路上，它的心脏怦怦直跳，它怎么也想不明白，一直追逐的那一小团毛茸茸的东西，怎么会突然变成像它刚才看到的那样可怕的巨型怪物。它从没想过，那只幼崽也有妈妈。

不过，斯摩奇学得很快，除了从自身经历中学习，它还从妈妈那里获得了不少知识，知道了它在树林里和草原上遇到的都是什么动物。还有一次在山脚下，妈妈走在前面，它紧跟在后面，沿着一条尘土飞扬的小路朝一处阴凉地走去。突然，它们耳边传来一阵沙沙声，它的妈妈蓦地跳离了小路，就如同被枪击中了一般。斯摩奇也本能地跳开了，好在它的反应还算及时，因为就在它左边离小路约一英尺的地方，有一只蠕动的东西正要向它们发动袭击，它的脚踝就差那么一英寸就要被击中了。

斯摩奇站在安全距离外，看着那东西盘起身子，形成准备再次进攻的姿势，斯摩奇朝着它打了个响鼻。不知为什么，斯摩奇一点都不想把鼻子靠近那灰黄相间的响尾蛇，也不想去嗅它的气味。当妈妈叫它跟上的时候，叫声里蕴含着警告。它又看了那条蛇一眼。它记住了，只要再听到响尾蛇的沙沙声，它就要像妈妈那样躲开。

总之，斯摩奇的生存智慧越来越多，在得到这些智慧的过程中也得到上天的眷顾。在攀爬奔跑的过程中，它只受到了一些擦伤，而擦伤对它来说不算什么。它的身体变得越来越健壮，血管里流淌的血液可是来自一颗坚强有力的心脏。

这匹小马在原野上过得无忧无虑，它要是有更多的生活经验，很可能会担忧，担心这一切不能持久，因为这样的日子太过于美好。但实际情况是，斯摩奇尽情地享受着生活给予它的一切美好的东西。它遇到任何事情，都要寻根究底，生怕自己错过什么。它听到什么地方有树枝断裂的声音传来，就会竖起耳朵仔细倾听，直到找到树枝断裂的原因才会离开。它会一直追着一只獾，直到獾钻进洞里。它会围着一棵树转来转去，看着长着毛茸茸尾巴的松鼠在它够不着的地方爬来爬去。臭鼬也曾从它面前经过，但不知怎的，这种动物身上的气味会打消它的好奇心，让它与之总是保持距离。

除了美洲狮和狼，斯摩奇见过了原野上所有的野生动物，也和它们打过交道。妈妈总是带着它远离那些凶猛动物的领地，一旦马群怀疑附近有猛兽，就会迅速逃离，或者一直保持警戒，直到对方离开为止。斯摩奇也遇到过那些猛兽，还和它们打过架，不过那都是后来的事了。还好是后来发生的，要不然我现在很可能就没有机会讲斯摩奇的故事了。

斯摩奇四个月大的时候，经历了生命中的第一件大事。事先没有任何征兆，既没有乌云密布，也没有阴风阵阵来警示事件的发生。斯摩奇当时和妈妈站在大松树下，它那短短的尾巴像钟摆一样摆动着，不断驱赶着尾部的几只苍蝇。微风习习，轻抚着它的鬃毛，也拂过大松树的树枝，发出阵阵有如催眠曲般的声音。小家伙竟站在那里睡着了。

斯摩奇的妈妈和马群中的其他马也都睡着了。此时，一个牛仔骑着马从峡谷里走了上来，发现了它们。他知道自己可以趁马群发现他之前绕到马群上方的山上，从那里把马群往下赶。

他的做法很有效。马群中的一匹马闻到了他的气息，抬起了头，打了一个响鼻，所有的马立刻惊醒，瞬间奔跑起来。它们往山谷跑去，扬起了漫天尘土，而牛仔紧紧跟在马群后面。

斯摩奇也跟着马群一起奔跑，它跟在头马的身后，生命中第一次没有想着要去探究这到底是怎么一回事，只顾着往前跑。

马群从山上往下冲，越过岩石，跨过水沟，尾巴不断发出啪啪啪的响声。被马群踩得松动的岩石撞上大圆石，大圆石又撞上枯木，紧接着，马群身后发生了山体滑坡。但即便是崩塌的泥石也赶不上马群的速度，马群和它们身后的牛仔还是先到达了谷底。滑坡带下大量的石头、树木、泥土，堆积在谷底，将整个谷底填了足足有十英尺厚。此时，整个马群已经奔到了半英里之外，在山脚下扬起漫天尘土，前面就是广阔的平原了。

斯摩奇跟着马群一路飞奔，一直跑到了平原上，飞扬的尘土稀薄了不少，斯摩奇才扭头看了一眼。这是它第一次看到人类。从妈妈和其他马全力奔跑、极力躲避的做法来看，斯摩奇觉得那一定是一种与众不同的生物。面对这种生物，马不愿停下来与之搏斗或争辩，而是尽可能逃离。

但是现在，它们好像没有逃离的可能了，因为那个牛仔一直紧紧跟在它们后面，直到最后把它们赶进了木头做的大畜栏里。在斯摩奇看来，做畜栏的木头就是一些横着生长的树木，但它知道它无法穿过这些树木，只能紧紧偎依在妈妈身边。妈妈和其他马在大畜栏里乱转了好一段时间，突然畜栏门被关上了，马群瞪着惊恐的眼睛转过身，看到一个长着罗圈腿、穿着皮衣皮裤、皮肤被太阳晒得黝黑的人。

斯摩奇看着那个奇怪的生物从自己的一个同类身上下来，不禁打了个寒战。除了背上的那一块滑稽的皮革，他骑的马与它和妈妈所在马群中的任何一匹马没有什么不同。很快，那个人摸索了一番，把那块皮革扯了下来。被卸下束缚的马抖了抖身体，朝着斯摩奇和马群走了过来。

斯摩奇瞪大了眼睛，不放过眼前发生的任何事情。

那匹马一走过来，斯摩奇就嗅了嗅那匹马身上汗津津的皮毛，想寻找线索，看看刚才一路上都套在它背上的到底是什么东西。这一嗅让斯摩奇比以往任何时候都更加困惑，于是它转移注意力，全神贯注地盯着那个用两条腿站立和走路的奇怪生物。

在斯摩奇夏天生活的那座山上，经常会有雷雨，斯摩奇还看到过闪电引起的火光。闪电和火光曾让它十分困惑。此时，它看见那人的爪子快速一动，然后一只爪子里就生出了火，之后又看到那人的嘴里冒出了烟，眼前的这一切都让它更加摸不着头脑。它呆呆地站在那儿，瞪着眼睛看着。

过了一会儿，那双拿着火的爪子从地上捡起一卷绳子，做了一个绳环，然后朝着它和马群走了过来。见此情景，马群就在畜栏内狂奔起来，四处尘土飞扬。接着，斯摩奇听到绳子发出嗖嗖声，从它头上飞过，绳环套在了其中一匹马的头上。那匹马不再奔跑，被牵着朝地上的那块皮革走去，那人把皮革固定在了它的身上，就如同固定在之前那匹马身上一样。那人爬上马背，之后斯摩奇第一次看到了自己的同类与两条腿的怪物打斗的场面。

这场打斗让斯摩奇大开眼界。它之前经常看到马群里的马在玩耍时，会互相打闹，踢来踢去，它自己也经常那样做，但它从来没有看到过有哪匹马像眼前这匹马一样，会拼命到如此程度，动作会如此激烈。斯摩奇知道，那匹马是在玩命，它使出了浑身解数，时而弓背跃起，时而尥起后蹄跳跃，极力想甩掉这只粘在它身上的体格孱弱的怪物。听到那匹马发出惨叫声，一旁观战的斯摩奇不由得浑身发抖。它从未听过同类发出这样的叫声，不用想它也知道这惨叫声意味着什么。它记得，那次被郊狼咬到后腿时，它也发出了几乎同样的叫声。

斯摩奇的眼睛睁得大大的，观察着打斗的进展。那匹马虽然还在奋力跳跃，但动作猛烈程度越来越弱，最后彻底停了下来。斯摩奇看着那人从马上下来，打开门，牵着马走出去，之后又关上门，骑上那匹马消失不见了。直到这时，斯摩奇才回过神来，想要去探察一下关着它的是个什么样的地方。它和妈妈蹭了蹭鼻子，然后在畜栏各处转来转去。畜栏木头的缝隙里夹着长长的鬃毛，它由此推断此处曾来过很多马。它嗅了嗅地面，又嗅了嗅地上散落的小牛耳朵的碎片——这些碎片是在给小牛做标记时从它们的耳朵上割下来的，它不由自主地想起自己几个星期大时见过的那只小牛犊。在这个大畜栏里，许多小牛被烙上了记号。所有这些清清楚楚的痕迹让斯摩奇感到更加疑惑和害怕。

斯摩奇正要鼓足勇气走近畜栏门，去嗅一嗅挂在门上的什么东西时，却注意到远处尘土飞扬，尘土中有一大群马正向着它所在的畜栏奔来。除了马，队伍里还有六七个骑手。看到他们，斯摩奇急忙回到妈妈身边。它依偎着妈妈，看着眼前的一切。它看到骑手们把那群马赶进畜栏，把它们和自己所在的马群关在了一起。畜栏里又是一阵尘土飞扬，马匹们四处乱转，场面十分混乱，因为这个畜栏里现在挤着近两百匹马。不过，对所有这些同伴，斯摩奇都是十分欢迎的，因为它觉得这意味着它能得到更多的保护，它可以更加隐蔽地躲在一大群马中，和那些两条腿的怪物始终保持一定的距离。

马群在畜栏内乱转时，斯摩奇努力把自己藏好。过了一会儿，它从马腿的空隙间看到外面靠近畜栏的地方生起了火，铁条的一端插在炽热的火焰中。不久之后，畜栏内又是一阵骚动，马群在畜栏内乱跑起来，打着响鼻。许多马被赶到另一个畜栏里，最后原畜栏内只剩下了大约五十匹马，其中大部分是和斯摩奇差不多大的小马驹，另外还有几匹安静的老母马。

这下斯摩奇没有机会再躲藏了，当它看到那些长着罗圈腿的怪物解开长绳，听到绳环以子弹发射般的速度从它身边嗖嗖飞过时，它心里产生了巨大的恐惧，心脏都快要爆裂开来了。一些小马驹被套住，然后被拉翻在地，接着被绑了起来，在此期间，小马驹们发出阵阵刺耳的惨叫声，因此，斯摩奇虽然没有被抓住，但它内心的恐惧却一点都不少。

斯摩奇竭尽全力，尽量躲得远远的，但似乎到处都是两条腿的人，没有长绳够不到的地方。就在它又一次拼力逃窜时，耳边传来了嗖嗖声，绳子像蛇一样缠住了它的两条前腿，它发出一声惨叫，瞬间就被拉倒在地，接着四条腿被绑了起来。

斯摩奇感觉到有人在触碰它，看来世界末日已经来临，要是它天生软弱容易晕倒，它现在肯定会晕过去。但事实上，它的意识一直很清醒。它看到一个人拿着红通通的烙铁向它跑来，接着便闻到了一股毛发和皮烧焦的味道——是它自己的皮毛烧焦了，但奇怪的是，它没有感觉到疼痛，也不觉得烫。因为这个时候，它只觉得相较于人类的碰触，被灼热的烙铁烫伤也不算什么。不管事情是好是坏，一切都有结束的时候。很快，斯摩奇就感觉到腿上的绳子被解开了，它知道事情结束了，爬起来跑回了马群。此时，它光滑的皮毛上留下了一个印记"R"，这匹小马属于"摇摆的R"牧场。

烙印终于打完了，斯摩奇和其他小马驹都长长地舒了一口气。马群所有的马匹又都被赶了回来，小马驹们也都找到了自己的妈妈，接着马群就被放了出去，马儿们又恢复了自由，可以回到高原草场去，也可以选择在平原上生活。

斯摩奇的妈妈带头往前走，斯摩奇跟在妈妈身后，马群中的其他马在和那些陌生的马交流完后，也加入了斯摩奇和它妈妈的行列，一起向山脚进发。第二天，它们又回到了高原上，前一天发生的事似乎被忘得一干二净，只有斯摩奇和其他小马驹还记得一些，因为那一切才刚过去没多久。此外，左大腿上新烙印的地方还在作痛，时不时提醒着它们昨天的经历。

但是，随着时间的推移，斯摩奇的兴趣又转移到了不断发生的新的事情上，畜栏里发生的一切就像是一场噩梦，渐渐地被斯摩奇抛在了脑后。灼伤很快就痊愈了，只留下了一个清晰的印记，这个印记将会随着它一起成长。

秋天到了，天空变得阴沉沉的，雨水也一场寒过一场，每次雨过天晴，天气就凉几分。太阳不再升得那么高，日照的时间也在变短，气温也越来越低。几次霜冻过后，天空再次阴沉起来，高高的山峰上随风飘起了小雪。马群逐渐向山下迁移，最后来到了山脚下的平原地带。初冬已经来临，马群是时候迁移到过冬的草场了。

马群过冬的地方在草原中部隆起的低矮山脊之间。那里有陡峭的溪谷，溪谷里长着成片成片的柳树和棉白杨树。当寒冷的北风吹过，暴风雪呼啸着席卷而来，所有生物都恨不得躲进洞里的时候，柳树林和棉白杨树林能为马群遮风挡雪。那里的草还长得很高，只要用蹄子刨一刨，就可以吃到。风雪过后，太阳出来，马群可以离开躲避风雪之所，到山脊上找草吃。这里总有地方的雪会被风吹散，露出下面的草来。

斯摩奇在穿过开阔平坦的草原，寻找新的过冬草场的过程中，眼睛、耳朵和鼻孔忙得不可开交，有很多东西等着它去看、去听、去闻。每一个野牛打过滚的水坑，每一处干涸的溪谷和每一座山丘都让它的感官高度兴奋。第一场雪来临的时候，它兴奋极了。雪花落在它的肩胛处和后臀上时，它兴奋得又蹦又跳。寒冷的天气把草场染成了枯黄色，之后又变成了白色，这些都让它惊奇不已。除此之外，它还找到了更加值得欢喜雀跃的理由，那就是它不再需要寻找阴凉之所。

如果你能亲手摸摸它温暖的皮毛，看看它的毛发长得有多厚、有多长，你就不会奇怪它为什么从不畏惧凛冽的寒风了。大自然再一次施展魔力，让斯摩奇在冬天来临之时，已经充分做好了过冬的准备。它身上可以说是穿了一件厚厚的天然的毛皮大衣，皮下是一英寸厚的脂肪，再加上它循环良好、养料丰富的浓稠血液，它完全有能力与大雪和冰冻天气抗衡。只有到了强暴风雪从北面吹过山脊时，它才需要去寻找庇护所。

这年冬天，斯摩奇开始自己用蹄子刨雪找草吃。几个月前，它就发现妈妈的乳汁不太够吃了；后来，乳汁越来越少，只够它尝尝味道；最后，妈妈明确告诉它，它该断奶了。斯摩奇知道自己不能和妈妈争辩，也没有再勉强，于是它就像大马一样用蹄子刨雪，找草吃。它也会吃雪，和其他马一样可以长时间不喝水。尽管如此，在度过最寒冷的冬天之后，它的身躯不再那么圆润，但由于它身上的毛发很长，你根本注意不到它瘦了。

斯摩奇在马群中仍然享有特权，这一点帮助它成功度过了漫长的冬季。如果它看到一匹大马在一片长得特别好的草地那儿刨食，它就会利用自己的特权，把大马赶走。它把耳朵向后拉，龇出牙齿，刨着蹄子，凶神恶煞的模样很是吓人，大马通常会装作十分害怕的样子，赶紧从"危险"的斯摩奇身边逃离。马群中只有一匹马不怕它，那就是它的妈妈。它可以和妈妈在同一处刨食，也许它还会从妈妈的眼皮底下偷走一把草，但它绝不会把妈妈赶走，它可能从来也没有起过这样的念头，因为妈妈在它的心里占有极其重要的位置。尽管妈妈从不和它玩耍，甚至会因为它顽皮而咬它，但它知道，一旦它有危险，妈妈一定会拼命保护它。

　　就这样，雪越下越大，峡谷里到处都是积雪，斯摩奇几乎如夏天一样无忧无虑地度过了寒冷的冬天。虽然用蹄子刨食消耗了它的一些体力，但它玩耍的精力还是有的。很多时候，当其他马都在用蹄子专心刨雪寻找草料时，你会看到斯摩奇在一旁踢起雪花，尽情地玩耍。其他小马驹也会加入它的行列，很快，小马驹们就会把一尘不染的皑皑白雪踩得一塌糊涂，就像有千军万马在上面奔腾过一样。

　　冬天就这样慢慢过去了，没有什么特别的事情发生，草场一直那么宁静、祥和，直到有一天，一名骑手出现在地平线上，打破了这里宁静祥和的氛围。斯摩奇最先看见了那个骑手，因为它离马群有一段距离，那里的视野更开阔。一看见那名骑手，斯摩奇立刻想起了绳环、畜栏和人类的手，于是它迈开四条腿，以最快的速度跑回了马群。

　　终于，春天悄悄来临。温暖的春风吹过，冰雪慢慢融化，但斯摩奇并不十分欢迎春天的到来，它只觉得浑身乏力，感觉懒洋洋的。它体内的血液还很黏稠①，这让它出生以来，第一次没有兴趣到处蹦跳玩耍。

几个星期后，一片片土地开始大面积裸露出来，山丘向阳的一面开始长出青草。斯摩奇觉得新长出的青草鲜嫩可口，比它冬天吃的枯草好多了。那些枯草现在不用刨就能吃到，但它碰都不想再碰，它把枯草踩在脚下，寻找着青草。它只想吃青草，但青草在早春时还很稀少，难以找到，它跑遍很多地方，吃到的青草却很少。

马群里的其他马也有同样的烦恼。干枯的草难以下咽，但新鲜的嫩草还很少，结果所有马匹都瘦了不少。不过，大自然母亲又出手了，她知道为了适应季节变化，马群需要什么。果然，不久之后，暖和的天气不再令马儿们昏昏欲睡，青草也在不断生长，很快就漫山遍野都是绿色。马儿们又精神抖擞起来，冬天的长毛也

---

① 冬天，马体内的血液黏稠，好抵御严寒；春天，血液变稀。——译者

开始脱落，它们在哪里打滚，哪里就留下大块大块的马毛。

春天一到，斯摩奇的冬衣就褪成了棕色。随着天气转暖，到了绿草如茵的时候，它褪下长毛的地方变成另一种颜色，类似我们所说的"鼠灰色"，只是颜色可能更深一点，我们再也看不到它去年夏天的那种乌黑发亮的皮毛了。它的耳朵和胁腹早已经开始变色，但要等到下一个冬天到来，它全身的颜色才能真正变完，真正变成一匹鼠灰色小马。

现在，它的头和腿的颜色比身体略深，呈棕色，再加上它那张长着白斑的小脸，简直构成一幅美丽的图画，让人一见难忘，因为无论你从哪个角度看，斯摩奇都是一匹完美无缺的骏马。当你打量它的时候，会觉得其他马根本无法与之相比，就好像是有人为了让斯摩奇变成一匹完美的小马，从其他马身上偷走了它们的优点。

斯摩奇从未在意过自己俊朗的外表和强健的身体，

俊朗的外表只是身体健康的标志而已。它知道自己很健康，也充分利用了自己健康的身体，将体力和精力发挥到极致，尽可能地寻找生命的乐趣。它从不缺乏体力和精力，偶尔躺下，也很少是因为疲惫，更多是因为大自然给它的暗示，让它休息一会儿，以积蓄更多的体力和精力。

春雨下了一场又一场，有了春雨的滋润，青草逐渐长高了，大地上春意盎然。阳光也越来越暖和，有时候天气已经变得相当炎热。

就在这样一个炎热的日子里，斯摩奇的妈妈失踪了。斯摩奇一直在溪岸边的树荫下打盹，然后醒来去吃草，过了好一会儿，才发现妈妈不见了。这群马一直在往夏季草场的方向移动，目前已经到了草场所在高山的山脚，下方是开阔的平原，如果有任何移动的物体，很容易就能看到，但斯摩奇却找不到妈妈的身影。它小跑着绕着马群，仔细寻找了一番，可仍然没有找到。

它又向四周望了一圈，有点奇怪地嘶鸣了一声，开始重新吃起草来。不知怎的，它并没有特别不安，也许是直觉告诉它，妈妈的消失不是意外，是正常现象。总之，妈妈不在的日子里，斯摩奇从来没有耽误过睡觉、吃草或玩耍，生活一切照旧，它的皮毛一天比一天变得光亮顺滑。

几天时间过去了，一天清晨，那匹仍在马群里的鹿皮色马突然竖起耳朵，嘶鸣了一声，向着平原慢慢跑了过去。那里出现了一匹马，正向着马群走来，马的身边还有一个小小的东西在移动。

斯摩奇和马群站在原地观望。很快，斯摩奇发现向马群走来的那匹马有些眼熟，但跟在那匹马后面的小东西让它很不解。它抬起头，小跑着上前去，想探个究竟。它这才恍然大悟，原来那匹马正是它的妈妈！

它奔跑起来，边跑边嘶鸣，来到了离妈妈几英尺远的地方。它侧头看了一眼跟在妈妈后面的小东西，那是一匹新生的小马驹，四条腿还不是很稳，身上的毛发乌黑发亮。小马驹看到这么多陌生的马，显得非常胆怯。

这是斯摩奇新添的小弟弟。

斯摩奇的鼻子一直在小马驹身上嗅来嗅去，它的妈妈不得不一只耳朵后拉，仿佛在警告它："小心点，儿子。"其实斯摩奇已经很小心了。它的妈妈继续朝着马群走去，它也跟了上去，而那匹鹿皮色马则跟在了它们后面。从此以后，斯摩奇在妈妈心里的地位变成了第二位。

第三章

岔路遇险

　　盛夏来临，天气炎热，一丝风也没有。即便是在有积雪残留的山峰上，也是热浪滚滚，因为太阳直射下来，峭壁也无法挡住阳光了。在一条崎岖的小路上，一小群草原马在领头马的带领下，一匹跟着一匹往山上走。领头的正是斯摩奇的妈妈，新生的小黑马紧随其后，接下来是脸上长着白斑、全身鼠灰色的一岁的小马斯摩奇，再往后是一匹高大的鹿皮色马，它后面还跟着十几匹其他马。

　　它们一直往前走着，似乎不知道要去哪里。它们从歪脖子树下走过，没有停下来享受凉爽的树荫；它们经过清凉的小溪，闻都没闻一下溪水；对于周边茂盛的青草，它们也没有理会。它们只顾着赶路，也许是要迁去高山草场另一处极好的草地。见此情景的人估计会猜测，它们应该是出于某种原因才迁移的，也许是那天早上出现了骑手，也许是周围出现的美洲狮数量太多，让它们感到不安。

这一小群马沿着小路行走着，最后来到了一个分岔路口。领头马选择了较低的那条小路，除了那匹鼠灰色小马，小黑马驹和其他马都跟在了领头马后面。较高的那条小路引起了那匹小马强烈的好奇心，它很想去那条路上探察一番。它边走边用鼻子嗅着地面，期望找到它感兴趣的东西。它能看到下面的马群，打算等自己的好奇心得到满足，就马上抄近路赶上它们。

在它前面的不远处，小路上方有一块十英尺高的花岗岩。一棵桃花心木在石头缝里扎了根，长得枝繁叶茂，形成了一块极好的树荫。树荫下有一个东西，形状又长又扁，呈深褐色，看起来像是岩石的一部分，不易引起其他动物的注意。它全身伸展，一动不动，要不是它那又长又圆的尾巴在上下颤动，你一定会以为它没有生命。听到小路上的马蹄声，它圆圆的脑袋抬起了一些，耳朵向后放平，黄色的眼睛在看到鼠灰色的小马斯摩奇时，瞬间一暗。

斯摩奇正沿着小路走过来，将从花岗岩外几英尺的地方经过，原来这里正是这头美洲狮狩猎的地方。许多鹿在此地被它扑杀，离此地不远的地方到处散落着白骨，说明它曾在那里大快朵颐，它吃剩的肉则被灰狼、郊狼和其他野兽清理干净，只剩阳光下的森森白骨。

美洲狮的领地很大，但在这片崎岖不平的土地上，没有比这里更适合伏击猎物的地方了。当它在其他地方找不到食物时，它便会来这里狩猎。它下方的这条小路通往主要山口，有许多长着蹄子的动物经过，它们全都是在这一片吃草的动物。

很难解释斯摩奇的妈妈为什么没有选择这条小路，也许是出于本能，也许是它瞥见了那块高大的岩石，凭借经验，它选择了另一条路。但不管如何，它和它的小马驹以及其他马都很安全，只有斯摩奇来到了这条路上，准备探察一番后再追上马群。

斯摩奇不断往前走，逐渐靠近大岩石。它嗅着路上的每一根树枝和每一块石头，最后离美洲狮潜伏的地方仅剩几英尺的距离。美洲狮此时不再是一个全身伸展的影子，虽然它看上去仍像岩石的一部分，与桃花心木的树干十分相称，但现在它采用的姿势是最利于发动袭击的姿势。它已经准备好了，像岩石一样一动不动，长长的尾巴一抖一抖，很显然，它那修长而健壮的身躯和聪明的大脑已被充分调动起来，专心致志地等待着袭击的最佳时机。

再往前走一英尺，斯摩奇可能就要一命归西了。它抬起一条腿，正要迈出那最后一步时，岩石下传来沙沙声，一条四英尺长的响尾蛇伸长了蛇身，伸向了斯摩奇的鼻子，那条往前抬起的腿不由自主地往后退去。就这样，它的小命保住了。

美洲狮设想过它的猎物会在自己跳出来时往边上跳，这是正常反应，但这次的情况与设想的不一样。由于蛇的出现，斯摩奇在美洲狮刚起跳时就跳开了，比美洲狮预想的要早了点，而且斯摩奇跳的方向也与美洲狮预想的不同，距离预想的位置约一英尺远。结果，美洲狮的爪子只抓到了斯摩奇的鬃毛。它在半空中拼命一挣，竭尽全力想抓住斯摩奇的脖子，但即便它使出浑身解数，还是扑了个空，最后身体落到了坚硬的地面上。

斯摩奇没有顾得上去看那个张牙舞爪的黑影是否在后面追赶它。它一听到响尾蛇的声音就开始奔跑，且一直跑得飞快。从几英尺高的地方一跃而下帮助它加快了速度，瞬间，它就抄近路狂奔到了妈妈和马群所在的小路上。

它的狂奔引发了整个马群的奔跑，马群从它惊慌的举动中感觉到了危险，于是也开始狂奔起来。它们跑了很长一段路，就好像有魔鬼在追赶它们一样。

但魔鬼（如果用这个词称呼美洲狮不算太过温柔的

话）并没有追赶它们。它知道小马的速度太快了，它追不上，因而根本没动过要追赶的念头。它只是用长尾巴甩打了自己几下，一想到错过了像斯摩奇这样的肥壮小马，它就懊恼不已。

从那天起，斯摩奇就开始躲开那些高高的岩石，除非它能看清岩石的全貌；见到树干粗壮的松树，它也绕道而行；任何美洲狮可能潜伏的地方，它都会避而远之。这匹小马逐渐适应了这样的生活，它比以前更愿意和马群待在一起，不像以前那样动不动就去探察新事物。此外，它已经认识了大多数在草原上活动的动物，觉得一切事物不再像以前那么神秘了。

随着它对周围事物的认识程度加深，那种神秘感越来越少，直到有一天，斯摩奇觉得自己什么都懂了，它觉得整个世界都在自己的掌控之中。和其他同龄的小马一样，它开始变得自负又任性妄为，调皮捣蛋起来，让比它年纪更大的马觉得它是个讨厌鬼，有时还会踢打它。

斯摩奇的体型越长越大，经得起踢打了。在那个夏天，马儿们轮番上阵，一有机会就踢打它的胁腹，试图教它懂点规矩，但是收效甚微。当第一场雪来临的时候，斯摩奇还是非常顽劣、不守规矩的模样。那年冬天，它一直很顽皮，惹群马嫌弃。它明知道没有一匹马会让它偷吃到它们刨出的草，但它还是假装去偷，这样的举动激怒了它们，于是它们踢打它，要是没有踢中，它便得意扬扬，一副得逞的模样。

有一天，一匹陌生的马加入了它们这个马群。一般来说，陌生的马刚加入新的马群时总会有点胆怯，而斯摩奇就利用这一点，趁机向大家表明它至少能成功欺负一匹马。它围着这匹陌生的马一圈又一圈地跑，还不停地咬它的后臀，直到弄得这匹老马差点要离开，去寻找新的领地。这样的捉弄行为断断续续持续了几天。然后有一天，那匹老马掉转马头，向斯摩奇冲去。双方并没有发生打斗，因为斯摩奇只是在虚张声势。一旦发现事情的苗头不对，它就跑了，一直等到陌生的马稍稍冷静下来后，才敢再次出现。之后，斯摩奇和那匹马保持着距离，并表现出乐意让它加入马群的样子。

就这样过了一个冬天，斯摩奇做的每一件坏事都受到了严厉的惩罚，这一切终于让它长了记性，它也逐渐改掉了自负和任性的毛病。冬去春来，寒来暑往，季节更替，斯摩奇直到三岁，才真正掌握了草原马应该具备的礼仪规矩。这匹小马光亮的皮毛之下蕴藏着强大的生命力，让它很难静下来循规蹈矩。即使已经三岁，它有时也会突然发飙，做出一些不合规矩的事情来，让老马们对它竖起耳朵，龇牙警告。

斯摩奇出生后的第三年，开局很不错——春雨比往年都要暖和，绿草一天能长半英寸，足以满足它越来越大的胃口。结果就是，当它脱下厚厚的冬衣时，它的身体比以往任何时候都要光滑圆润，就像裹上了一层上好的鼠灰色绸缎。它长着白斑的脸颜色雪白，与它修长的脚踝相得益彰。它有时昂首翘尾，尽情在草原上奔驰，一举一动都展现出它那健美的身材，看上去就像是一幅完美的图画，任何牛仔看到它，心脏都会不由自主地漏跳几拍。

但是，斯摩奇身上的所有那些优点，马群中的马根本注意不到。它的妈妈和其他马只把它当成一匹普通马，甚至当成一丛长势不佳的灌木，一个不受欢迎的捣蛋鬼。如果斯摩奇不那么顽皮，愿意服从管教，它们或许会更喜欢它一点，因为随着斯摩奇的体型越来越大，脾气也越来越急躁，想要教训它非常困难，想要威慑住它更不容易。

对它的管教还是有的，因为仍有几匹马让它感到害怕，但那样的马数量越来越少，因为斯摩奇的力量在稳步增长，没有几匹马可以胜过它。最后，经过多次对决，马群中只剩两匹马它不敢顶撞，那就是它的妈妈和那匹鹿皮色大马。

那段时间，斯摩奇觉得自己高其他马一等，得意非凡。好在它性格已经成熟了一些，也安静了一些，不再那么爱捣蛋了，否则其他马肯定会吃尽苦头。现在只要它们不来惹它，它也愿意放过它们。

随着时间的流逝，马群逐渐接受了这个事实：斯摩奇长成了一匹身材高大、头脑聪明的草原马。没有马再试图去教训它，即使它偶尔因年少轻狂、血气方刚做出一些蠢事，它们也都尽量不去计较。当然，斯摩奇也很聪明，在那样的时候，它会离它的妈妈和鹿皮色大马远远的。

马群平静地生活着，大家都很有默契，恪守着自己的本分。生活如此平静单调，斯摩奇心生倦怠，总想着要惹出点什么事情来才好，甚至生出了对付那匹鹿皮色大马的念头。终于有一天，它们遇到了另一群马，这种平静单调的生活才被彻底打破。

这一切都发生在马群向水源进发的路上。斯摩奇的妈妈像往常一样走在最前面，她第一个越过山脊，发现几码①外的地方站着一匹黑色的大种马。斯摩奇紧随在

---

① 码：英美制长度单位，1 码合 0.9144 米。——编者

妈妈身后，也看到了大种马。不知怎的，当它对着这匹鬃毛很长、下颌很厚的黑马喷鼻息时，它预感到平静的生活即将结束。

它站在原地，有点不知所措，只是看着那个黑色的大块头，等着它先出手。黑色的种马像孔雀一样骄傲地走过来，它昂首阔步，身上的鬃毛和尾巴随着步伐一摇一摆，它身后的一小群母马和小马驹在看到陌生马群的时候早已退到了一旁，此刻正在观看双方"交手"的过程。

这次交手引起了年轻马儿们的强烈兴趣，它们瞪大眼睛仔细观察着。种马走到离对方马群几步之遥的地方，停下脚步，强健有力的脖子向上弓起，耳朵朝前竖起，眼睛闪闪发亮，站在那里打量着陌生的马群。

黑色种马有过许多与陌生马群交手的经验，这些经验让它变得小心谨慎。以前有很多次，它都是落荒而逃，逃跑的速度远超来时的速度，身上的皮还曾被一匹精于搏斗的老种马咬下来好几处。因此，它很快就明白过来，在没有弄清楚对方马群的头领是什么样的马之前，冒冒失失闯入陌生的马群去占有母马可不是明智之举。

经过多次磨炼，它学乖了，知道要小心谨慎，还学会了如何操控自己的蹄子和牙齿。在过去三年里，它从未被草原上任何一匹种马打败过——它的胜败次数已经持平。

斯摩奇没有动，种马也仍然站在原地，没有任何要发动攻击的迹象。斯摩奇有点不耐烦，它自认为，那匹种马不敢发动攻击。这么想显然错得离谱，但斯摩奇经验有限，还不了解其中的玄机。鹿皮色大马确实更了解情况，如果斯摩奇稍加留意，它就会看到鹿皮色大马站在马群的最边上，一副愿意保持中立的模样。

黑色种马动了一下，斯摩奇决定主动出击。它走到妈妈身边，碰了碰妈妈的鼻子，这时妈妈发出一声尖叫，踢了它一脚。它们的这些举动，黑色种马似乎根本没有注意到。斯摩奇突然朝着黑色种马扑去，但是扑了个空，因为它扬起的前蹄和龇出的牙齿没有击中目标，被对方利落地避开了。

斯摩奇从来没有想过种马的战斗力会这么强，它不明白，敌人明明就在眼前，且近在咫尺，它怎么就扑了个空呢？更让它不解的是，当它气势汹汹地冲到种马面前时，种马却没有表现出要迎战的样子。相反，它只是避开了斯摩奇的攻击，耳朵仍是向前竖起，若无其事地继续打量着马群。斯摩奇觉得自己被忽视了，种马此举无异于在说："真是个傻小子。"

现在，如果对着斯摩奇的肋骨来一脚，确实能挫一挫斯摩奇的锐气，但刚才种马那简单一躲，却也十分清楚地告诉了斯摩奇，如果它有心战斗的话情况会如何。斯摩奇有点不知如何是好，它不知是该再次出击，还是暂时退到一旁，等待适当的机会。

在斯摩奇犹豫时，黑色种马发现这群马中没有需要它格外提防的马，于是它低下头，耳朵后拉，开始驱赶骟马，只留下母马和小母马，之后将它们并入它原来的马群。这项工作听起来容易，做起来可要难得多，因为没有一匹骟马愿意被赶出它们相处已久的马群，即使种马把它们赶走了，趁着种马去赶其他骟马的时候，它们又会折回来，所以，种马不得不一次又一次地驱赶它们。

看到自己要被驱赶出去，同母马们分离，一直保持中立的鹿皮色大马终于被激怒了。当黑色种马过来驱赶它时，它站在原地没动。片刻之后，空中飞舞起了鹿皮色与黑色的马毛，只听见一阵马蹄踢打声，速度之快赶得上机枪扫射的速度，只是声音听起来没有那么尖锐。每一下都踢得结结实实，少有踢空的时候。

终于，扬起的灰蒙蒙的尘土中出现了一缕鹿皮色，紧接着又出现一缕黑色，它们朝着远处跑去。不久，那匹黑色种马又回来了，它晃了晃头，好像在告诉所有的马，它不会再容忍类似的愚蠢行为。

马群中还有一匹马要被赶出去，那就是年轻的鼠灰色公马斯摩奇。在种马驱赶鹿皮色马的时候，它就站在妈妈身边观看战斗，眼睛里闪烁着光芒，仿佛在表示如有必要，它将毫不犹豫地再次出击。它可不会轻易被赶走，除非它认输——认输可不是它的性格。

黑色种马发现了斯摩奇，它没有任何前奏动作，也没有试图用眼神吓唬斯摩奇，而是直接扑了上来。斯摩奇也不甘示弱，迎了上去。在这场短暂而激烈的战斗中，斯摩奇成功地狠狠踢了敌人几脚。要是一匹普通的马遇到这几脚，可能会倒地不起，但这匹种马不是普通的马，这几脚只是让它打了几个晃，更加激怒了它。它打过太多硬仗，可不会被一匹小公马吓倒，况且它是常胜将军。

当斯摩奇转过身来打算再猛击几下时，种马的机会来了。种马站在斯摩奇侧面，后者猛烈出击时，种马猛地抬起前腿，身子直立，躲过了攻击；然后向着一侧猛扑而下，一口咬住了斯摩奇的肩部。当斯摩奇奋力甩开它时，种马的牙齿咬合到了一起，咬下了斯摩奇的一块缎质皮毛。

斯摩奇惨叫着又踢了几脚，然后它快速转身，面对着种马，打算用牙齿和前蹄来攻击对方。就在这时，种马快速转身，两只后蹄重重地踢在了斯摩奇的肋骨上。只听见一声重响，响声还带着回音，听起来就像蒸汽机撞上了石墙。响声之后，传来斯摩奇的一声闷哼，它的身体飞了出去，最后踉踉跄跄了好几步，才站稳身体。

斯摩奇一阵眩晕，视线模糊不清，也许是本能在提醒它，那团模模糊糊的黑色身影已经掉过头，正向它袭来。总之，有什么东西在催促它立刻拔腿就跑，它竭尽全力与黑色"魔鬼"拉开了距离。在现在的斯摩奇眼中，那匹黑色种马就像一只长着许多腿的大蜈蚣。

斯摩奇能否活命取决于它奔跑的速度。它跑哇跑，拼尽了全身力气，但似乎永远也摆脱不了那匹疯狂的种马。就在它准备放弃逃跑，为了活命做最后一搏时，发现种马没有再追过来。斯摩奇停下脚步，回头看了一眼，看见种马正快速跑回母马身边。斯摩奇不想再跟上去，它认输了。

接下来的几天，斯摩奇过得浑浑噩噩，漫无目的。它和那匹鹿皮色大马在这段时间里结成了伙伴关系，两匹马就像迷路了一样四处游荡，也不在乎要去哪里。它们走过了很多地方，经过了很多长满青草的山谷和阴凉之地，但它们没有停下前进的脚步。它们边走边吃草，沿着峡谷往上走，越过高高的山脊，那里曾是斯摩奇的妈妈和马群的夏季草场。

它们在路上遇到了一些小的马群，但每个马群中似乎都有一匹眼神充满敌意、下颌很厚的种马，但凡它们表现出想要加入马群的意思，那些种马就会走出来驱赶它们。

在四处游荡的过程中，它们遇到了一些和它们一样被赶出种马群的马。它们相遇后，只是简单地打个招呼，然后就各奔东西，沿着自己的方向继续流浪。对鹿皮色大马来说，只要能找到其他有母马和小马驹的马群就万事大吉了。它对小马驹有一种强烈的眷恋之情，只要是有几匹小马驹的马群，都能成为它的归宿。但斯摩奇就不行了，它想念它的妈妈、它的弟弟以及其他和它一起长大的小马，其他马群无法替代它们的位置。斯摩奇偶尔会发出渴望的嘶鸣，声音在峡谷间不断回荡。

当那匹黑色种马出现，按照自己的意愿把斯摩奇和鹿皮色大马赶走时，斯摩奇的妈妈也毫无办法，它被迫加入了种马带来的那一群马。它清楚地知道，试图反抗定是没有好果子吃的。它也知道，如果试图逃跑，结果只会是被咬掉皮毛，且从长远来看，它也必须按照种马的意思去做。

斯摩奇的妈妈十分了解草原生存法则和同类的生活习性，是一匹很有生活智慧的马。虽然它对斯摩奇的感情和斯摩奇对它的感情一样深，但它对斯摩奇的思念并不及斯摩奇对它的思念强烈。从某种意义上来说，它觉得斯摩奇已经长大，能够照顾自己了，而且还有其他小家伙需要自己照料。但是，对斯摩奇来说，情况就不一样了，没有其他马能取代妈妈的位置。它是在妈妈身边长大的，即使妈妈后来生了其他小马驹，但妈妈永远是它的妈妈，永远是那个在它走路还走不稳时，悉心照料它的妈妈。

日子就这样在孤独中一天一天过去，直到有一天，斯摩奇和鹿皮色大马遇到了一个马群，其中有几匹母马、几匹小马驹和一匹很年轻的种马，它们单调的生活才被打断，斯摩奇也得以忘记一些思念的痛苦。

鹿皮色大马打量着那匹种马，就像打量它遇到的所有其他马一样。当这匹年轻的种马骄傲而又自信地走过来和两匹陌生的马打招呼时，鹿皮色大马发现了它身上的一个弱点，那就是年轻。它的一举一动都显示出了这一点。根据以往的经验，鹿皮色大马认为年轻和无知总是携手同行的，这让事情变得有趣起来。

有趣的地方在于，年轻的种马由于年幼无知，可能无法打过战斗经验丰富的鹿皮色大马。这匹年轻的马还没有多少战斗经验，这一点，鹿皮色大马一眼就能看出来。年轻的种马走上前来时，鹿皮色大马没有像以前那样转身就走，而是站在原地看着对方。斯摩奇也是如此。

三匹马弓着脖子，相互碰了碰鼻子，随即出现了几声嘶叫和撞击声，接着传来踢打之声——那匹年轻的种马发动了攻击。

被踢到的是斯摩奇，它后退了好几步。与此同时，鹿皮色大马冲了上去，朝着种马发动了攻击。从一开始，双方就你来我往，胜负难分，各自踢咬对方的次数几乎持平。对一匹年轻的马来说，栗色种马表现得非常不错，如果不是斯摩奇加入了战斗，双方可能会打成平手。

斯摩奇和鹿皮色马的关系亲近，在孤独的流浪生活中，鹿皮色马一直是斯摩奇的好伙伴，现在鹿皮色马有了麻烦，它自然想要帮忙。此外，它对那匹种马刚才踢它的事耿耿于怀。所有这些因素加在一起，让它加入了战斗。

当栗色种马转过身，后脚狠狠地踹向鹿皮色马的肋骨时，斯摩奇意识到，自己的机会来了。此时，斯摩奇距离种马只有几英尺远，自这一刻开始局面变成了二打一。种马感觉两侧同时受到了马蹄和牙齿的攻击，其猛烈程度不亚于受到一大群野猫的袭击。

就在这时，栗色种马突然意识到，想要保住自己的小命，就应该放弃战斗，马上逃跑。这边，斯摩奇和鹿皮色马还在不停地进攻，它明白，胜负已定。栗色种马积蓄了自己全身的力量，纵身一跃，避开了蹄子和牙齿的攻击，拼命逃窜，脚下带起大量尘土。两个好伙伴则在后面拼力追赶。

这一天傍晚，当太阳就要落入蓝色山脊的另一侧时，斯摩奇和它的伙伴看到天边有一匹孤独的马——是那匹栗色种马，它一直跟在它们后面。它跟上它们，而它们又把它赶走，这样反反复复，已经持续了三天。它还发动过一场战斗，想把失去的东西赢回来，但什么也没得到，反而被咬去了身上更多的皮毛，又一次被赶出了领地。黑色种马是如何对待斯摩奇和鹿皮色大马的，斯摩奇和鹿皮色大马就如何对待栗色种马。

　　接下来的日子，对鹿皮色大马来说非常平静祥和，斯摩奇似乎也很满足，它渐渐习惯了离开了妈妈的生活，新马群里的母马和小马驹也让它渐渐忘记了过去。自从那天它被那匹黑色种马狠狠揍了一顿开始，它就不再顽皮捣蛋了。那时它和妈妈在一起，生活平静，但它却觉得过于单调，总想着无事生非。在经历了与黑色种马的战斗、与鹿皮色大马一起的流浪漂泊，以及与栗色种马的战斗之后，斯摩奇变得更加成熟，成为一匹体格健壮、思维严谨的成年公马。现在的它很容易满足，不知不觉中，它对生活有了更多的感悟。

　　那年夏天，斯摩奇就在平静和满足中度过。它和鹿皮色大马带领着母马和小马驹们在高山上活动，除了吃草就是睡觉，白天和晚上都是如此。偶尔会有几匹小马驹来找它们玩耍，斯摩奇和鹿皮色大马总是成为小马驹们欺负的对象。玩耍的时候，这两匹大马也像小马驹一样，和小马驹们撕咬打斗，然后故意摇摇晃晃地逃走。要是有人看到这样的情景，一定会惊叹于斯摩奇和鹿皮色大马的细心体贴，为了让小马驹们在游戏中取胜，它们可真是用心良苦。

夏天过去，草地逐渐变成了枯黄色，白杨树的落叶开始在溪流边堆积，秋天来了。马群边吃草边逐渐往山下走，几天后到达了山脚。一到山脚，斯摩奇就率领队伍向着妈妈带它度过第一年冬天的草场进发。鹿皮色大马本来紧随其后，但它回头看了一眼后面，发现母马和小马驹们没有跟上来，而是去了另一个方向。鹿皮色马站在原地，看了看头也不回的斯摩奇，又回头看了看母马们。它不知道是该跟它的伙伴一起走，还是回头跟上那群母马和小马驹。它很犹豫，它很想跟着斯摩奇一起走，但那些小马驹牵动着它的心弦。就在它左右为难之际，一只小家伙从马群中走出来，对着它唤了一声。这一声让鹿皮色马终于下定决心，它应了一声，跑回了小家伙与母马们身边。

斯摩奇一直在往前走，也许它正一心想着到了冬季草场，就能见到妈妈，总之，它没想过要回头看看马群是否跟在后面。后来，它终于发现只剩自己了，它停了下来，茫然地看了一眼四周。受到本能的驱使，它一心向着自己长大的牧场走去。当它发现只剩自己时，先是惊诧，接着是不知所措。它对鹿皮色马、小马驹和整个马群也有很深的感情。

它望着远处故乡的山峦，似乎想了很久。突然，它抬起头，发出一声响亮的嘶鸣，远处接着传来一声回应。回应来自它的伙伴，那匹鹿皮色马。

斯摩奇又嘶鸣了一声，大步跑回了马群。它开始觉得，在哪个草场过冬都不要紧，它已经是匹大马了，去它长大的草场，与去隔了几座山脊的北面或南面的草场，对它来说也没有什么区别。从那一刻起，我们看到的情景就是：一匹老母马带领着马群前行，斯摩奇和鹿皮色马肩并肩跟在后面，一匹小马驹在斯摩奇的胁腹处轻轻咬了一下，一切都是那么和谐美好。

第四章

失去自由

那年冬天，草场上积雪很厚，马儿们很难吃到草。马群在草原低矮的山丘上不断用蹄子刨雪，但能吃到的草却很少。成群结队的牛跟在它们身后，把鼻子和嘴深深扎入马儿们刨开雪的地方，为的是吃到它们吃剩的几片枯草叶子。

那年冬天买不到干草，畜牧工人们不得不靠运气，看看牛群是否能靠他们在夏天收割的那点干草熬过冬天，而夏天因发生了干旱，收割的草很少。秋天的时候，牛的状态一直不错，但随着大雪不断飘落和堆积，草被厚厚的积雪掩盖起来，牛身上的脂肪不断消耗，隐藏在冬季长毛下的肋骨开始变得清晰可见。

后来，强暴风雪来袭，不管畜牧工人如何想办法，草原上仍然到处可见白色的雪堆。雪堆下面是牛的尸体，有的被野兽挖了出来，骨头被郊狼舔舐。更糟糕的是，这一天，地平线那边同时出现了三只大灰狼。

斯摩奇和鹿皮色马最先发现那三只狼，它们俩耳朵朝前竖起，看着那三只狼一路小跑而来，然后停下脚步观察着它们这群马。

斯摩奇以前从未见过灰狼，但鹿皮色马却见过多次，身上还有与它们交战时留下的伤疤。看到灰狼，鹿皮色马打了个响鼻，斯摩奇由此推断，这三只狼比它一岁时追赶过的郊狼更可怕。斯摩奇很想上前去追赶它们，但看到鹿皮色马那紧张的模样，它变得更加清醒，意识到最好还是和马群待在一起。

真正吸引狼到来的是那些冻得或饿得奄奄一息的牛，当然，对这几只狼来说，捕杀身体强壮的动物也轻而易举。草原上到处是死了的牲畜，它们的尸体会散发出气味，只有狼那么灵敏的鼻子才能闻到，这种气味很对狼的胃口，它们循着气味前来探个究竟。

但它们不屑于去碰那些动物尸体，因为这三只狼都是老狼，捕杀猎物很在行，它们只吃鲜肉，一匹肥嫩的一岁或两岁小马最适合它们的口味了。当它们绕过山脊，看到下面洼地里的马群时，胃口立刻被勾了起来，它们已经很久没有吃到那么美味的食物了，而且它们走了很远的路，已经饥肠辘辘。

但是此刻还是白天，按照狼的习性，它们要等到夜晚才会动手。它们绕过马群，离开马群的视线范围，然后对着雪地和空气嗅了嗅，确定没有危险，又看了看周围的环境，确保它们返回来时能找对地方。之后，三只狼小跑着离开了。它们远远地绕过尸体，避免掉入陷阱，这说明它们都是经验丰富的老江湖。它们的脚趾被捕兽夹夹过，身上被子弹擦过的地方还留有伤疤，有一只狼身体里还携带着一颗子弹，那是一个牛仔用步枪远距离射击它时留下的。

站在洼地里的鹿皮色马很了解狼的套路，这一点从它的一举一动中可以看出来。它停下了用蹄子刨雪的动作，全神贯注地关注着周围的山脊和马群。那三只狼打量了马群后又消失，这让它感到很不安，也很害怕。最后，它觉得这片洼地位置太低，视野太窄，敌人来了马群很难发现，等发现时恐怕敌人已经到了跟前。

年纪较大的母马也变得惊恐不安，连带着斯摩奇也紧张害怕起来。鹿皮色马带头离开洼地，走向视野更加开阔的地方，整个马群也都迫不及待地跟在了它后面。就连小马驹们似乎也预感到有事要发生，它们紧紧跟在妈妈身边，眼神中透着惊恐。

一轮圆月升起，皎洁的月光照在厚厚的积雪上，一条小路清晰可见。空气仿佛静止了，寒冷笼罩着草场，所有活着的有蹄动物都停止了活动，生怕搅动周围的空气。因为在这么低的温度下，一点微风就能把这片土地上的所有动物冻僵。

斯摩奇、鹿皮色马和马群站在一个小山丘上，周围的景物尽收眼底。它们就那么静静地站着，仿佛石化或冻僵了。要不是它们的耳朵偶尔动一下，以捕捉周围的声音，它们的身上没有任何生命迹象。

远处一只郊狼叫了一声，接着另一只回应了它，很快，这一应一和的小夜曲就在空气中传播开来。小夜曲的回声还没完全平息，就传来一声悠长而凄厉的狼嚎，完全盖过了郊狼的叫声。小山丘上的马群在郊狼唱小夜曲时眼睛都没眨一下，但在听到接下来的狼嚎声时，所有马都抬起了头，耳朵转向声音传来的方向，鹿皮色马和其他几匹马打起了响鼻。

马群变得骚动不安起来。斯摩奇冲出马群，向远处走了几步，又回到马群。很快，所有马紧紧靠在了一起，开始移动起来。黑暗中，马匹的身形犹如影子一般。在它们后面，出现了同样如影子一般的三只灰色身影。

鹿皮色马一直跑在马群最后，第一个发现了跟着的灰狼。它冲到马群中间，大声地打着响鼻，引得马群四散惊逃。马儿们瞪着惊慌的眼睛，刨着脚下的积雪，向着广阔的平地跑去。寒冷的空气被搅动起来，厚厚的积雪被扬得漫天飞舞。

斯摩奇和其他马一同奔跑着，一直跑在队伍的最前面。在踏着深深的积雪前进时，它的血液变得沸腾起来，更多的血液涌向颈部和大脑，这时，它突然改变了主意。它的头脑在热血的带动下，开始快速运转，很快，大脑就酝酿出了一个大胆的想法。它慢下脚步，让马群从身边超了过去。它想看一看，吓得马群四散奔逃的狼群到底有多厉害，有多危险。

鹿皮色马是最后一匹超过斯摩奇的马，它正护着两匹刚出生才几个月的小马驹前进，努力不让它们落后马群太多。在深雪中跟上马群的速度奔跑，让两匹小马驹感到力不从心，鹿皮色马费了好大劲才说服它们继续前进。

三只灰狼正稳步追赶，要不是因为有斯摩奇，它们很快就会发动袭击。斯摩奇落到了队伍最后，让它们误以为这匹鼠灰色的公马已经放弃了逃跑。斯摩奇原本打算等这些杀手到了跟前，然后用脚把它们踢飞，但当这三只狼朝它冲过来时，它觉得推迟一下行动可能会更好。它决定再跑一会儿，等熟悉了敌人的行动方式和伎俩再说。

斯摩奇的双眼像要喷出火一样，它昂首翘尾，快速奔跑，将狼引离了马群逃跑的方向。那三只狼本想把斯摩奇当作猎物，因为它离得最近，但追着追着，它们发现这匹公马跑得非常快。奔跑期间，不知怎么的，斯摩奇不想停下来和狼决斗了，这三只饥肠辘辘的狼让它不由自主地向前跑去，可能是直觉告诉它，它应该和它们保持安全距离。

它拼命飞奔着，速度越来越快，那三只狼根本无法追上，于是它们终于明白过来，这是在浪费时间。可能是斯摩奇看上去太大且太难对付，它们觉得应该找年纪更小、肉质更嫩的小马。除此之外，斯摩奇把它们引离了马群，可能会让它们一无所获，空手而归。

斯摩奇把三只狼引走的举措让马群的压力骤减，尤其让年轻的小马驹们松了一口气。因为这让它们有机会放慢脚步，恢复一下体力，当敌人再次追上来时，它们才能快速跑开，避开敌人锋利的尖牙。

当斯摩奇发现狼群放弃了它，转身又朝马群追去时，它本能地也转过身，跟了上去。它预感到马群需要它，而且它有机会至少干掉其中一个坏蛋。

它跑了很长一段路，才又追上马群。但斯摩奇的草可不是白吃的，它赶上马群的时间并不比那三只狼晚多少。它赶到的时候，三只狼正绕过鹿皮色马，朝着鹿皮色马一直护着的一匹小马驹冲去。

那三只狼几乎没有注意鹿皮色马，它们觉得它太老了，根本没有考虑把它作为它们的捕猎对象，尤其是在现在这种可以轻易捕获小马驹的情况下。这匹老马眼睁睁地看着三只狼追上来，从它身边跑了过去，朝着更年轻的马冲去。它根本不知道狼群不想吃它，而且只要它愿意，它本可以跑到马群前面去，但它自愿充当小马驹们的守护者，绝不可能放任它们不管。当然，小家伙们的妈妈也愿意为小家伙们而战，但妈妈们到了这个年龄阶段，觉得每匹马都该为自己而活，况且它们自己也被吓得仓皇逃窜。

鹿皮色马十分了解狼的习性，它知道狼在盯着它，在狼把视线从它身上挪走之前，最好不要有动作。当三只大灰狼经过它的身边，冲向惊慌失措的小马驹时，它只是在一旁观察。就在领头的那只狼扑向一只小马驹的后腿时，鹿皮色马动了，它纵身一跃，冒着生命危险冲了上去。

那三只狼完全没有料到它有此举动，对它已经放松了警惕，认为它已经远远落在了后面，把全部注意力都放在了它们选中的那匹小马身上。此时，鹿皮色马从后面往前一跃，刚好落在第二只狼身上，把第二只狼踩进了积雪里，接着继续朝着第一只狼扑去，它的行动令这三只狼大吃一惊。就在第一只狼转过头来迎战鹿皮色马时，一只巨大的蹄子落了下来，恰好踢到它的下颌。它的下颌被踢到断裂，完全无法再张嘴撕咬了。当鹿皮色马回头寻找另外两只狼时，它牙齿间还留着灰色长毛。

就在这时，斯摩奇赶到了，它来到鹿皮色马身后。当第二只狼从雪地里爬起来，准备扑向鹿皮色马时，斯摩奇伸腿一个侧横扫，动作快如闪电，一只后蹄正中那只狼的前腿根，轻而易举地将那条腿踢断了。狼根本就没料到后面又有一匹马冲了上来。

在鹿皮色马、鼠灰色马和那两只狼搏斗时，第三只狼，也是唯一一只没有受伤的狼逃之夭夭。这两匹好斗的马让它食欲全失，只想逃离致命马蹄的攻击范围。如果从一开始，狼群就把注意力放在这两匹愤怒的马身上，它们还能与之一较高下，但恰恰就在这里出了差错。那只仅剩的狼觉得自己完全没有实力与两匹马搏斗，于是它逃开了。

天上的月亮渐渐隐去，天亮了。平原上，一小群马站在及膝的雪地里，不断用蹄子刨开雪，寻找下面的草吃，它们身上没有一丝伤痕，完全没有遇到了狼群的痕

迹。马群里要是没有斯摩奇和它的伙伴鹿皮色马，结果
会完全不同。那匹小马驹正忙着为自己刨食，对自己曾
遭遇的险情一无所知。要不是斯摩奇和鹿皮色马，它很
可能已经成了那三只大灰狼的美食。另外，谁知道还会
不会有其他几匹小马驹一同被杀呢，因为狼一旦尝到温
热的鲜血的味道，就很难停止杀戮。

山上不断传来郊狼的叫声，太阳渐渐升起。大片乌
云从西北的天际边飘来，似乎在迎着太阳而去，想要挡
住温暖的阳光。当天中午，暴风雪来袭，马群回到它们
昨晚拼命逃离的地方，那里是躲避风雪的庇身之所。

那天晚上，不断传来孤狼的嚎叫声，接着南边传
来一声回应，那声回应比它们以往听到的任何嚎叫都要
悠长、哀伤。斯摩奇打了个响鼻，但鹿皮色马只是抬起
头，耳朵朝着传来声音的方向竖起。它了解狼群，知道
当天晚上它们不会再来了。

强暴风雪持续了一天，峡谷里积了厚厚的白雪。后
来风停了，只剩雪花慢慢飘落。那些下面埋着牛的尸体

的雪堆之间，又新增了一些雪堆，但其中一个雪堆下面躺着的不是食草动物，而是一只大灰狼，那只狼因下颌骨骨折而亡。（几个月后，一个牛仔用绳索套到了一只三条腿的狼。他仔细看了看前腿缺失的地方，感叹道："一定是火力很厉害的子弹，腿上的伤口才可能这么平整。"）

漫长的冬天还在继续，好似永远没有结束的那一天。积雪很深，太阳尽管爬得更高了，停留在空中的时间也更长了，但似乎并没有比两个月前太阳低升的时候带来更多的温暖。马儿们过得非常艰难，食物越来越难找，它们的体重和体力都在不断下降。几个月前浑圆健硕的身躯不见了，取而代之的是瘦长的躯干。

终于，就在马儿们觉得这恶劣的天气似乎永无休止之日时，天气转暖了。一段时间后，山坡上向阳的那一面，积雪逐渐融化。几个星期之后，越来越多的草地露了出来，马儿们再也不用拿蹄子刨食了。又过了一段时间，枯草中钻出了嫩绿的小草，险恶的冬天终于结束了。

草地从白色变成棕色，接着又变成绿色。马儿们也变得精神起来，冬天的长毛开始脱落，眼睛变得更加明亮，不久，身上的肋骨开始消失在一层层的脂肪和光滑的皮毛之下。刚刚过去的冬天过于寒冷严酷，为了让这个绿色的新世界变得更加美好，马群里开始出现新生的小马驹，小家伙们无忧无虑地玩耍嬉闹。马群向着开阔的草原迁移，途中，它们遇到了一些小牛犊，小家伙们白白的小脸在阳光下闪耀着光芒。

斯摩奇很好地适应着种种变化，它的一举一动都表现出了这一点。它和鹿皮色马（现在它又变年轻了）嬉戏打闹，嫉妒彼此在新来的小马驹心中的地位，这一切构成了最完美的生活图景。

这样平静的生活持续了好几个月。这一小群马在草原上游荡，似乎根本不在意日出时它们会在哪里醒来。到处都是繁茂的绿草，清澈的山泉在平原上缓缓流淌，为向天空伸展枝干的棉白杨树提供充足的水分，而这些树又为动物们提供阴凉之所。时间就这样悄悄流逝，只有与小马驹为伴的草原马才能享受到这样的悠闲快乐。

有一天，马群沿着山麓开始往上走，之后又登到了更高的山上，这与其说是因为天气炎热，不如说是习惯使然。或许是因为它们更喜欢山上的凉爽微风，或许是因为它们想换一换草的口味，或许是因为有太多的骑手时不时出现，打扰了它们清净的生活。

但骑手们可没那么容易避开。有一天，在离马群半英里远的地方，一个骑手骑在马背上，正手持双筒望远镜观察它们。当时马群登上了高高的山脊，根本不知道有一双眼睛正在看着它们。

那个骑手发现了一匹脸上长着白斑的鼠灰色马。看到它时，他惊喜地打了个呼哨，竟然会有这样一匹骏马。他驱马走近了一些，又仔细观察了一会儿。他本想再走近些，但他不想惊到马群，让马群起疑，况且他只是想确定那匹马要去哪里，这样当他想找它时，知道该去哪里找。他正是"摇摆的R"牧场的一个牛仔。

在牛仔观察斯摩奇的整个过程中，它丝毫没有察觉。当它和马群边吃草边往山上走时，它从未想过会有人跟踪它。当然，那天并没有人跟踪它，但很快就会有的，因为那天晚上，那个牛仔说起了斯摩奇，他向牧场的驯马师描述斯摩奇俊朗外表的口吻表明，过不了多久，这匹小马就会被关进有高高围栏的畜栏里。

斯摩奇现在已经四岁多，快五岁了。大多数牧场的公马到了这个年龄，都要开始接受驯化，适应被套上马鞍和马具的生活，为留在牧场里工作或运往市场出售做准备。这匹小马自由自在地生活了很长时间，如果让它继续生活在这个牧场上，它还会有自由的日子，但现在到了它为人类做贡献的时候。斯摩奇在山丘和平原上自由驰骋的时光已经暂告一段落，接下来它要开始工作了。从它还是小马驹时起，一直到现在，它经历了很多，也学习了很多，接下来，它将到人类身边继续经历和学习。

事情来得很突然，完全出乎马群的意料。斯摩奇醒来时，发现一个长腿牛仔骑着一匹长腿的马，出现在自己和马群上方的山脊上。所有的马立刻奔跑起来，它们冲到了平原上，之后被赶进了大大的木头畜栏里。斯摩奇立刻就意识到自己被关起来了，已无处可逃。门是关着的，周围全是用棉白杨树做成的栏杆。

　　还有另一个畜栏与斯摩奇所在的畜栏相连，里面关着其他马匹，全都是体型和年龄与斯摩奇差不多的公马。两个畜栏间的门被打开了，那个之前赶它们的牛仔把斯摩奇赶进了另一个畜栏，让它和其他公马待在一起。随即那扇门又被关上了。

　　斯摩奇透过栏杆的缝隙看向原来的畜栏，发现那个牛仔打开了通往外面的大门，把和它一起生活的马群放了出去。它看见马群中的一匹母马走在最前面，大步跑了起来，朝着它们之前离开的高山前进。它还看见小马驹们跑着跟了上去，而那匹鹿皮色马也跟在队伍后面。很显然，它的伙伴和其他马不管它了，让它留在这个有着高高围栏的畜栏里，和一群陌生的马匹待在一起。不远处有一个人，这个人对斯摩奇来说，要比狼可怕十倍、百倍。

斯摩奇忍不住嘶鸣起来，它的叫声让鹿皮色马停下了脚步，鹿皮色马回头看了看，然后也嘶鸣一声回应它。它在原地站了一会儿，好像在等着斯摩奇，但很快，它又迈开步子追上了马群。老鹿皮色马了解人类，它曾驮过许多人，驮着他们多次长途跋涉。由于多年出色的工作表现，它最后又重新获得了自由。它经历过斯摩奇现在所经历的一切，十分清楚接下来会发生什么，知道等待是没有意义的。

斯摩奇看着鹿皮色马和马群消失在一片飞扬的尘土中，不见了踪影。如果没有栏杆挡着，它用不了多久就能追上它们，然而——沉重的大门被拉开时发出的嘎吱声把它拉回了现实，那个牛仔手臂上挽着一卷长长的绳子走了进来。

斯摩奇看到那人后，打了个响鼻，拔腿就向畜栏的另一端跑去。看到人类，它不由自主地心生恐惧。它跑到畜栏尽头，碰到了坚固的围栏，它只能掉转马头，面对它自认为的最可怕的敌人，全身不住地颤抖。

要是斯摩奇了解情况的话，那它就不会因为恐惧而遭受那么多的煎熬了。当时它不知道，那个人只是在欣赏它的美，根本没有想过要伤害它。但是这些，一匹野马无从知晓。那个人说的每一句话，在它听来，都像是食肉猛兽在咆哮，而那个人每上前一步，都被它认为是在向猎物逼近。没错，它就是那个猎物。

这个牛仔对马十分了解，他就是在马背上长大的，而且，他现在以驯马为生，他的工作就是把野马训练成优秀的骑乘马。他站在那里，眼睛盯着那匹鼠灰色马的一举一动，牛仔帽下露出了一张笑脸。在打量过那匹马后，他觉得它非常适合做一匹骑乘马，而不是那种被套上马具，运送去农场干活的马匹。为此，他感到很高兴。想到自己将成为第一个碰触这匹小马的人，他十分开心。他一边盯着这匹马，一边打出一个绳环，心里想着，对这样一匹骏马，他有无穷的耐心。

绳环打好后，他向着那匹马走去。斯摩奇看着他走过来，变得更加惊恐不安，看上去恨不得把身体缩小，最后消失得无影无踪，但它的身体并不能缩小。它知道自己接下来只能逃跑，往最开始的那一端逃。看见那人走过来时，其他的公马也都开始奔逃，斯摩奇挤进马群中间，全速跑往畜栏的另一头。就在这时，斯摩奇听到了绳子发出的嗖嗖声，那绳子在它眼中，就像是一条盘起来的蛇。绳子正好缠住了它的两只前脚。

它纵身跃起，想要躲避，这时，它的前蹄被绳子猛地一拉，在空中转了一圈，它重重地摔到了地上。它极力想要站起来，努力了一次又一次。牛仔不断地跟它说话，劝它放松点，不要乱动。斯摩奇转过头来，瞪着一双惊恐的眼睛看向他，打了好几个响鼻。

"乖乖躺下，"那个牛仔说，"我可不想让你弄脏身上漂亮的皮毛。"

斯摩奇真的躺下了，它也不得不躺下，因为片刻之内，它的四只蹄子就被绑在了一起。它只能无助地躺在原地，呼哧呼哧直喘气，心脏怦怦狂跳，全身的血液快速流动，大脑一片混乱。它在纳闷，自己怎么会这么容易被摔翻，被放倒在地上，只剩下头能活动。哪怕是美洲狮和熊都不可能让它变得如此无助，它可以与它们搏斗，但面对人类，它似乎毫无机会。人类的这种神秘力量让它感到恐惧，比被无数只熊、美洲狮和狼围堵还要更为可怕。

迷迷糊糊中，它看到牛仔在它身边蹲了下来，膝盖触到了它的脖子，它脖子上的肌肉顿时颤抖起来，仿佛是被蛇的尖牙咬了一口。牛仔的一只手摸了摸它的耳朵，另一只手摸了摸它的额头。它没有感觉到疼痛，但即使有疼痛，它此刻也感觉不到。

很快，斯摩奇头上就被套上了驯马用的笼头，它感觉到生牛皮编织的带子套到了它的鼻子上，然后固定鼻带的绳子绕到了它的脖子上。整个过程中，那个人不断发出低沉的声音，但不知怎的，它并不十分讨厌那个声音。这是他在跟它说话。

　　牛仔在它的额头上轻拍了几下，然后站起身来，走到小马的脚边。斯摩奇感到脚踝上紧绷的绳子被松开并抽走了。它的腿脚自由了，但它的头脑中仍是一片混乱。它仍然躺在原地没动，然后，它感到笼头上的绳子被拉了一下。

　　"起来，站起来吧。"那个牛仔说。斯摩奇这才起身。

　　它站起来后，刨了刨蹄子，扬起前蹄，直起身体，打了个响鼻。它的腿脚自由了，又可以灵活使用了。它立刻就蹬起腿来，使出浑身力气，想要从拉着绳子控制它的牛仔身边跑开。有人曾描述过垂钓者在钓鳟鱼时展现出的高超技艺，但这个仅有一百五十磅①重的牛仔在操控一匹一千一百磅重的桀骜不驯的野马时所展现出来的高超技艺，完全无法用言语来形容，也完全超出了外行人的想象。

　　牛仔通过绳子操控着小马，他以前操控过很多这样

---

① 磅：英美制质量或重量单位，1 磅合 0.4536 千克。——编者

的马，多数都像斯摩奇现在这样反抗过。在看到即使自己站起来，也没有任何逃脱的机会时，斯摩奇急得双眼都快要冒出火来。它根本摆脱不了这只恐怖的两腿怪兽的控制，它打着响鼻，不停地反抗，但那根绳子一直紧紧套在它的头上和脖子上。它觉得有些累了，当牛仔在几码远外的地方站住时，它也停止了动作。它不断喘着粗气，四肢叉开站着，汗水顺着光滑的皮毛往下滴。

它站在原地，看着牛仔往后退去，绳子一点点从他手中滑出。它看见牛仔打开大门，牵来那匹被留在外面的骑乘马，然后爬上那匹马，拿起了控制着自己的那根松松垮垮的绳子。它和马背上的人之间约有三十英尺的距离。当牛仔围着它转圈时，绳子甩动了一下，它纵身一跃，摇晃着头部，像是要甩脱控制着它的那根绳子，径直朝敞开的大门冲去。

但是，刚一出大门，斯摩奇就猛地被绳子拽住，停了下来，它还不曾想到绳子能把它拴住。大门在它身后关上了，牛仔也出来了，斯摩奇感觉到绳子松了一些，于是，它趁机又全速奔跑起来。它已经出了畜栏，跑到了开阔之地，身上虽能感觉到绳子的存在，但并不妨碍它往前奔去。

畜栏旁有一块浅滩，长满了繁茂的青草。斯摩奇朝那里跑去，只要它有机会跑，能和那个牛仔保持距离，往哪儿跑都可以。它没跑多久，就又感觉到绳子被拉紧，只得停了下来，再次面对着那个牛仔。它看见他下了马，把绳子的一端系在一根木桩上。

牛仔站在原地看了它一会儿，然后对它说："好了，小马，别对这根绳子太粗暴，你对它越好，它就会对你越好。"说完，他骑上马，向畜栏驰去，那里有更多的野马等着接受和斯摩奇一样的驯化。

那根又软又粗的长棉绳，还有那根拴着斯摩奇的木桩，是教它学习如何为人类服务的工具。它越是反抗，越是想挣脱绳子，就越会明白，反抗和拉扯是没有用的。那根绳子十分尽职尽责，让它学会每当跑到绳子尽头时就得掉头或转弯，只有这样才能消除脖子上的紧张感。总有一天，它会服从于来自绳子的拉力，不再反抗，不需要人有别的动作，它就能自动执行。拴着绳子的木桩也是教具之一，它足够重，可以把小马拴住，即使能拖动，斯摩奇也无法跑远。

小马打量着这些教具，不知怎的，它渐渐意识到，它曾享有的自由、凉爽的树荫、清澈的溪流、能随心所欲驰骋的草原，全都被剥夺了。它不知道接下来会发生什么，但它知道，它还要在这块离畜栏很近的浅滩边待上一段时间。

第五章

驯马计划

　　大畜栏上空尘土飞扬,"摇摆的 R"牧场的驯马师克林特正在那里忙着驯马,把一匹匹野马驯化成优秀的骑乘马。对牛仔来说,这样的日子又长又热又难熬,因为他要与那些毛色光滑、膘肥体壮、爱打响鼻的马较量,按照他认为适合的方式,驯化它们,使它们变成人可以牵、可以骑、可以控制的马,但克林特对此已习以为常。这份工作他干了很多年,从来没有休息过,他的身体已经开始有些吃不消了。

　　克林特一次驯服十匹野马,这十匹野马的野性被驯服后,他就会把它们送走,接着再驯服十匹新的野马。

他每天都会骑一骑每一匹刚刚受驯的小马，哪怕只骑半个小时，让它们逐渐适应身上的马鞍，学会被人骑时应该做到的行为举止。也有几匹不听话的，但"摇摆的R"牧场里不乏厉害之人，所有的马，不管好坏优劣，最终都会被赶去干活。

克林特在这个牧场工作了近两年，在此期间，他驯服了大约八十匹马，他以前还为其他牧场驯过更多的马，但从未碰到过驯不服的。如果马匹因天性的原因，偶尔不听驯，克林特也照样能驯好它们。要是真有哪匹特殊的马驯不好，那肯定不是克林特的错，其他人也照样驯不好。

如前文所述，驯马的工作已经开始对克林特的身体产生了影响——没有一匹野马能让他省心，每匹都需要他使出浑身解数来应对。有时候，那些马似乎想把他撕成碎片，然后将碎片散落到畜栏里的尘土中。它们的马蹄快如闪电，把他的蝙蝠翼皮套裤大片大片撕下，它们用牙齿将他身上的衬衫咬得破破烂烂。当他爬上一匹又一匹野蛮顽劣的马时，那些马恨不得把他的心脏从身体的一边颠到另一边。

他曾多次被掀翻在地，导致肩膀脱臼、肋骨骨折和腿部受伤。从发根到脚趾，他全身上下都留下了伤痕，即使是看不到的内伤，他也能感觉到。这些地方可能曾被马扭伤、踢断或是被震松过。幸好这些伤不是每次凑到一起来，有的伤过一段时间就会痊愈，而有的伤则会断断续续反复发作，他身上有些地方再也没有恢复如初。随着时间的推移，正如克林特所说："觉得自己像一座老旧的钟表，到处变得松松垮垮的，担心总有一天会被一匹大马彻底撞散架，零件散落一地，再也找不回来了。"

克林特成年之后就开始驯服那些粗暴的野马了，现在他已经三十岁，就驯马而言，他算是个老人了。他目前工作的这家牧场的马匹每年平均只工作四个月，而在这四个月里，每三天才被人骑四五个小时。这也说明了在牧场里，牛仔和牧牛马在工作中会受到不同待遇。因此在这里，人年纪轻轻就早衰，而马却一直健健康康，但牛仔并没有不满，因为世界上没有人比牛仔更喜欢看到和骑着健硕有力的马了。

牛仔们会把马养得膘肥体壮，令马儿心情舒畅，但有些马不怎么听话，会试图将牛仔的牙齿都震松。不过牛仔们反而喜欢它们这样——身下骑着一匹烈马，而非一匹腿脚疲软的老马，这是所有牛仔的荣耀。虽然驯服这样的马确实会让牛仔们早衰，但即便如此，他们的脸上也洋溢着笑容，因为他们为自己没有违反牛仔的骑马原则而自豪。

克林特就是这样，马就是他的生命。他爱马爱到了极致，对他来说，世界上最大的乐趣就是和满栏的马待在一起，去驾驭它们，去感受它们光滑的皮毛。看到四岁的小马学会了他教的东西，从中获得的那种满足感对他来说比领取工资更有意义。有时，他会遇到一匹聪明的小马，看着这匹马在他的教导下快速成长，他会对这匹小马产生真正的感情。所以每当把自己初步驯好的马移交给赶牛马车的队伍，去继续接受牧牛训练时，克林特都会非常不舍。

"我仿佛觉得自己和这些小马结了婚，"他说，"正当我们开始相处融洽的时候就要分开，但是，"他接着说，"我知道，只要我还在从事驯马的工作，我就不能太过多愁善感。"

但克林特一直是那么多愁善感，每当他看到骑手们过来，然后赶走他驯好的野马时，他总是很不高兴。

"总有一天，"有人听到他说，"我会遇到一匹我愿意与之真正相伴一生的马，到时为了它，我可要做出什么出格的事情来。"

克林特很喜欢其中一些马，以至于他都忘了或是不愿意想起，这些马其实是属于牧场的，而不是他的，他只是被雇来驯化它们的。他虽然也经常提醒自己这一点，却从来没有打消过自己拥有它们的渴望。所以当他将那匹鼠灰色的小马赶进畜栏时，他就对它心动了。

当他第一眼看到那匹小马时，他就预感到，如果有骑手在它被初步驯好后把它领走，他肯定会对他们不客气的。克林特曾梦想过拥有一匹像鼠灰色小马这样的骏马，但他从未想过真的能碰到它。那匹马从一开始就牵动了他的心弦，当他透过栏杆的间隙，看着畜栏外那匹被拴着的马时，他觉得它就是那种如果买不到，他就会去偷的马，如果偷不到也买不到，他就会为之服务的马。

那匹马被赶进来已经两天了，在这两天时间里，克林特一直非常害怕，生怕有人来找他，看到这匹马后，要把它送给主管或其他拥有牧场股份的人作为私人坐骑。克林特自己非常想要那匹马，十分担心有人会把它抢走，但是，当他想明白一些道理后，也就不那么担心了。他又朝着那匹马看去，心里想："他们总得等我先把它驯服了，才可能来抢马，那么，我就在别人来抢它之前，把它变成一匹不听话的烈马。"

克林特也许不应该这么想，但为了不让那匹马被人抢走，他只能这么做——将那匹马占为己有的想法已经深入他的骨髓。我想，他生出这样的想法也情有可原。

在那匹马受驯的两天时间里，克林特不放过任何表达自己的感情，赢得那匹马信任的机会——如果拴马绳缠住了马的身子，克林特会马上去帮它把绳子解开。每次去的时候，那匹马的反抗情绪都会有所减少。随着克林特来来回回，小马逐渐放下了会被人吃掉或撕碎的恐惧，它很快就感觉到，那个人每次过来，都会在某种程度上给它带来一些安慰。

第二天傍晚，一天的工作结束后，克林特从宿舍走到拴着那匹马的地方。他走到离那匹马一绳之距的地方，卷了一支烟，站在那里看着它。

"斯摩奇，"他说，"你可真是匹好马！"克林特甚至没有意识到自己叫出了一个名字，他正忙着观察和欣赏那匹小马的一举一动，所以这个名字是他在不经意间想到的。从那时起，他就自然地称呼小马"斯摩奇"这个名字，就好像这个名字是在仔细斟酌后才起的一样。

他给许多马起过名字，总是根据马的颜色、大小或身形来起名，有时也根据马的行为方式来起名。他给一匹四肢瘦长、长得很高的马起名"矮子"，给另一匹个矮的马起名"天高"。很多时候，他给马起的名字并不符合马的实际情况，但也有一定的道理，就像他把那匹鼠灰色的公马叫作"斯摩奇"一样。

它看起来就像一团闪亮的灰色烟雾，当它站在原地看着克林特时，那神态就像是它真的要变成一团烟雾，随时都会消失。它和克林特相识的时间还不长，还不是很相信他。

克林特看着这匹小马，知道它的脑袋里想的是什么。他仍然能从它的眼睛里看到恐惧，但恐惧中又夹杂着反抗的勇气。他知道这匹小马会反抗，难以驾驭，但如果他在马身上看不到这些，他反而会非常失望。野马有这样的表现再正常不过了，他认为越是野性十足的马，他所能取得的胜利就越有意义，越有价值。他一定要慢慢来，好好干，把斯摩奇从一匹桀骜不驯的野马变成一匹训练有素的牧牛马。

他走近了几步，斯摩奇则退到了绳子的尽头。当它发现自己退无可退时，打了个响鼻，随着牛仔越走越近，它开始用蹄子刨绳子。克林特的动作不紧不慢，他不断地走近，一边走还一边说话，最后走到离马只有几英尺远的地方，站在这里几乎可以摸到马了。他右手抓住绳子，伸出左手轻轻地摸了摸马的额头。斯摩奇吓了一跳，打了个响鼻，但它还是忍受住了那人的触摸。它忍了好一会儿，感觉到那只手在它的额头上抚摸着，并向上移，一直摸到它的耳朵。

克林特刚要抚摸斯摩奇的一只耳朵时，它用鼻子蹭了蹭他的袖子，嗅了嗅，然后突然朝着他的胳膊咬了一口。这种情况在他身上发生过许多次，他早就做好了准备，所以这匹小马只是咬到了他的衬衫，没有咬到他的肉。

"得了，别这么顽皮。"牛仔一边说，一边继续若无其事地抚摸着它，"我只想把手放在你的耳朵中间，摸摸你的小脑袋。"

　　最后，他的手终于摸到了它头顶隆起的地方，并在那里摸了好一会儿。斯摩奇朝他踢了一脚，克林特躲过了它的前蹄，继续抚摸。他的手抚过它的左耳，顺着脖子一直摸到马背，还理了理鬃毛，把上面所有打结的部分都解开了。这匹小马时不时颤抖和退缩一下，但克林特一直没有停下手上的动作，最后斯摩奇终于不再排斥对它的抚摸。在此期间，克林特一直以极大的耐心跟它说话。如果斯摩奇能够听懂这番话，它就能从话语中知道自己未来生活的状况，但斯摩奇并没有去想未来的事，现在的情况已经够让它担心的了，它一直在忙着盯紧这个人的一举一动。

　　被绳子拴着的这两天里，斯摩奇身上的野性已经少了很多。它明白了一个道理：与拴着它的绳子较劲没用，当它到了绳子尽头时，最好转身再走回来。渐渐地，它习惯了绳子对它身体的碰触，不再踢绳子了。相比于把它拴在这里的人，它更熟悉拴它的这根绳子，绳子让它适应了身体被其他东西触碰——这在一定程度上让它学会了容忍手的触摸。

没错，它学会了容忍，但那只手的动作必须轻柔，不能太快，也不能太用力，否则它会快速避开。

"我对你真的是太宠爱了。"克林特一边说，一边摸过马的肩部，顺着往后抚过马背，"如果你只是一匹普通野马，你就不会得到这么多关照，你会发现，明天我就会骑到你的背上，再过一个月就会把你送进'备用牧牛马群'。但是，因为我喜欢你，所以我对你的计划不同。我会慢慢来，把你培养成我的专属宝马，到时候，草原上所有的牛仔都会嫉妒我拥有你这样一匹好马。"

要是按照计划来实施，克林特很可能成功。他对斯摩奇的教导驯化有条不紊地开始了。他把自己在驯马方面的所有专业知识都用上了，花费了大量时间来把斯摩奇塑造成自己想要的样子。克林特没有利用工作时间来做这件事，因为他觉得这么做不太地道。正如他所说："要是我以后不得不把它偷走，那就已经很对不起牧场了。"当然，克林特不会偷走那匹马，也不会偷走其他任何马，但他觉得为了不让斯摩奇被其他骑手抢走，自己肯定会做一些出格的事情来的。

每天傍晚，吃完晚餐，克林特都会去浅滩那儿和斯摩奇待上一段时间。斯摩奇的行为表现在一定程度上符合克林特的预期，到了天黑回宿舍时，他脸上从未出现过失望的表情。

斯摩奇已经被拴了大约一个星期。在这段时间里，克林特白天在畜栏里干活时会时不时留意它，每天傍晚都要花上几个小时和它待在一起。小马已经习惯了绳子的羁绊，不再予以理会，但对那个牛仔，它还没有完全放下戒备。它很难摆脱对人类的恐惧，这种恐惧是与生俱来的，即使已经过了一个星期，但那个人对它来说仍然是个谜。那个人没有伤害它，但它的野马本能却一直在给它示警。那个两条腿的生物能牢牢控制它，这让它不敢放松警惕，时刻关注着对方的行为。这就是为什么斯摩奇仍然没有放下戒备，它还没有完全信任人类，必须看着那个牛仔的一举一动。

"你一直在盯着我吗，小马？"克林特说，"但这也正是我希望的，"他接着说，"因为你盯的时间越长，看见得就越多，学得也就越快。"

斯摩奇确实在盯、在看、在学。有一天傍晚，克林特从木桩上解下长长的拴马绳，牵着斯摩奇往畜栏走去。这时小马已经学会了被人牵着走，因此它自动跟在了后面。当牛仔牵着它走进大门时，它的心怦怦直跳，不知道接下来会发生什么。它小心翼翼地迈着步子，眼睛盯着一切可疑的东西。看到畜栏的一边挂着的一件油布雨衣，它打了个响鼻，试图与雨衣拉开距离。克林特轻声跟它说话，牵着它继续穿过另一道门，进入另一个更小的圆形畜栏。畜栏中央竖着一根大柱子，柱子旁边有一大块闪闪发亮的棕色皮革，那是克林特的马鞍。

"好了，小马，该你表现了，你将第一次闻到马鞍皮革的味道。"说话的同时，克林特转过身来，轻轻抚摸斯摩奇的额头。自从斯摩奇被抓以来，它第一次没有把注意力放在牛仔身上，那一大块皮革吸引了它所有注意力。它竖起耳朵，眼睛里闪着亮光，打了个响鼻，表达它对那东西的怀疑和不满。它保持着戒备，似乎那东西随时会扑向它，把它生吞活剥。

"看看也好，打响鼻也行，用蹄子扒拉也可以，随便你怎么做，"牛仔说，"你得先和它熟悉一下，慢慢来，我不会催你的。"

克林特确实没有催斯摩奇，他让它站在离马鞍几英尺远的地方，笑看着小马的一举一动，在小马探究马鞍的过程中不断抚摸它的耳背。斯摩奇本想逃开，但克林特却劝说它再凑近些看看，它没有办法，只能听从。

这一刻，只要马鞍那边稍微有一丝动静，事情就会变糟，斯摩奇肯定会仓皇逃窜，就是克林特也不可能在短时间内抓到它，但那块皮革静静地躺在那儿，一动也不动。小马很快就发现那东西没有什么危险，于是转头开始在畜栏里寻找其他它不喜欢的东西。它没有找到任何令它不舒服的东西，它的视线又回到了牛仔身上。

就在这时，克林特伸手拿起马鞍，慢慢靠近斯摩奇。马鞍一动，小马就打了个响鼻，向后退去，但克林特仍拿着马鞍缓步靠近它。终于，它退到了畜栏边上，身子碰到了栏杆，已退无可退。牛仔一边抓着拴住它头部的绳子，一边拿着马鞍和其他东西继续走近。小马吓得浑身发抖，趴在了地面上，脚往前伸直，头贴近地面，一动不敢动，接受关于马鞍的课程学习，这一次的学习过程拖得很长。

克林特认为时机差不多了，看到斯摩奇已经克服了对马鞍的恐惧，他才又放下马鞍，拿起一块旧鞍褥，在空中抖了抖。他一边抖动鞍褥，一边靠近斯摩奇。小马呆呆地看着鞍褥，突然，它向着鞍褥扑去，打了好几个响鼻，甚至还想转身踢一脚，但鞍褥还是在不断靠近，最后鞍褥爬上了它的肩背。它缩了一下身体，又踢又跳，试图挣脱逃走，但根本无法躲开这块看起来毛骨悚然的东西。

在此过程中，牛仔一声不吭，这也是驯马的必要环节，必须悄无声息地进行。对一匹从未受驯的野马来说，这样的行为已经够吓人的了，不需要再加上任何语言。尽管发生的一切吓得小马几乎魂飞魄散，但也让它明白，无论那东西看起来有多可怕，都不会伤害到它，这有助于培养它对牛仔以及牛仔的装备的信任感。

斯摩奇像一只被逼入绝境的狼一样拼命挣扎，想要逃跑，但它根本没有机会。克林特曾这样驯过许多匹野马，它们也都曾拼命反抗。他嘴里叼着烟卷，不紧不慢地吐着烟圈。斯摩奇再次表现出了对人类的憎恨和恐惧，就像它第一次被抓住时一样。直觉警告过它不能对这种生物放松警惕，因此它对现在这种情况早有心理准备——但这根本没什么用，它只想越过畜栏的栏杆，逃之夭夭。

尽管斯摩奇反抗得很激烈，但克林特没有停下手上的动作，一直不紧不慢地抖动着鞍褥。无论鞍褥碰到斯摩奇身体的哪个部位，它都会后退，嘶叫着踢它。它实在太害怕了，没有意识到身上其实并没有痛感。它被这东西的样子吓坏了，这东西一会儿绕过它的腿，一会儿擦过它的脖子，好斗的本能让它无法不回应那东西发出的每一次嗖嗖声。

最后，不知是挣扎累了，还是眼花缭乱迷糊了，斯摩奇开始松懈下来。它出脚的力量明显减弱，眼里的凶狠也少了很多，它站在原地几乎懒得动了。只有鞍褥碰触它的时候，它才会缩一下身体。抖动的鞍褥还在不断碰触它，一会儿这里，一会儿那里，触遍它全身各处。

克林特注意到小马平静了下来，便说："你很快就会喜欢上它的。"但斯摩奇还没有表现出喜欢的迹象，它只是尽力容忍着，仅此而已。

克林特抖动鞍褥继续碰触小马的两侧和全身，直到小马终于不再退缩。他扔掉拴马的绳子，动作幅度变得更大，把鞍褥披到小马的身上，围到小马的腿上，铺到地上，塞到小马身下，而斯摩奇只是竖起一只耳朵看着，一动不动。而在半个小时前，这样的戏码会让它惊得抬起前蹄，身体直立起来。

克林特仍在继续，直到他确定小马身上没有任何一个地方会因鞍褥的碰触而退缩，他才停下来。这时候，他注意到，斯摩奇终于开始喜欢上这种感觉了，毕竟在此过程中，鞍褥能使它免受蚊虫的叮咬，而且鞍褥在它身上拉来拉去，似乎也起到了安抚的作用。

克林特觉得再继续下去，也不会有更多效果了。他又拿起马鞍，径直朝斯摩奇走去。马鞍发出的嘎吱声引起了小马的注意，但克林特还是小心翼翼地把旧鞍褥带在了身边，并不停地抖动着，试图让小马明白马鞍并不比鞍褥更可怕。

在给大多数野马第一次上鞍时，克林特一般会绑住它们的一条后腿，以防止它们把马鞍从他手中踢落，同时也让它们学会在上鞍时要老实一点。也有少数野马的脾气没这么大，他就会只绑住它们的前腿。在上鞍之前，斯摩奇已经接受了比其他一般马驹更多的教导，克林特认为只要把它的前腿绑住就可以了。

多亏了之前的训练，克林特毫不费力地就把生皮带子套上了斯摩奇的脚踝。小马冲他打了一个响鼻，但还是站在原地没动，因为克林特一边干活还一边抖动着鞍褥。斯摩奇的脚被绑上后，他又拿起马鞍，把它抖开，缓缓地放到小马的背上。斯摩奇感觉到情况发生了变化，这与它刚刚经历的鞍褥的碰触不同，但除了马镫带和肚带绕住了身体外，别的倒是什么也没发生。它站在原地，只有肩部肌肉颤动了一下，显示出它一直在戒备着，要是有什么东西刺激了它，它会拔腿就跑。

丰富的工作经验让克林特成了给新手马驹上马鞍的高手，一切顺利，斯摩奇站在那里一动不动。即使是克林特伸手去够肚带，把肚带拽过来系上的时候，斯摩奇连眼睛都没眨一下。之前的鞍褥为后来发生的一切做了很好的铺垫，让这匹马不再害怕有东西缚到它身上。

斯摩奇几乎没有意识到自己被套上了马鞍，直到克林特把它前脚上的绑带解开，将它牵到围栏的另一边。随着这一牵，它感觉到有什么东西紧紧绑在了它身上，这东西是甩不掉的。这对斯摩奇来说是一种全新的感觉，让它受了一惊，它低下头，猛地弓背跃起。

克林特早就料到了这一点，因为没有一匹野马会喜欢被肚带束缚的感觉，不管肚带系得有多松。当斯摩奇把头转向一边时，他就已经做好了它会反抗的准备。他任由系在马笼头上的绳子从手中滑出一段，等斯摩奇站稳，接着他又把绳子一抖，随后紧紧拽住。这一招果然奏效了，差点把小马拉翻在地，但克林特又松了一段绳子，这才让小马站稳。他不想把小马拉翻，但也不想让小马带着空马鞍乱蹦乱跳。

"好了，斯摩奇。"牛仔唤它，马儿猛地回过神来，转身面对着他，"我不希望你这样浪费体力，如果你想跳，就等我坐到你身上去的时候，你再跳。"

斯摩奇等待着，但并不是因为牛仔和它说话才等待的，而是因为它记起了第一天自己被拴在畜栏外的木头上时，那根绳子是如何把它拽翻的，它可不想再来一次了。

有些人读过一些关于在草原上如何驯马的书，他们认为牛仔驯服野马的唯一方法是摧毁它们的斗志。我要说的是，如果他们真的这么认为，要么是书上的内容大错特错，要么是他们误解了书上的内容。在牧场上驯马的方式和在学校教育青少年的方式是一样的，不应该以泯灭天性为前提。野马经过多年的骑乘，斗志应该依然如故，就像它还没有感觉到绳子的束缚时一样斗志昂扬。世界上没有人比牛仔更想让马儿保持斗志了，因为他比任何人都清楚，一匹斗志被摧毁的马根本不算是真正的马。

有些人见过只用套索把野马套住，然后再骑上去的过程，对驯马的规则并不了解。在他们看来，驯马似乎有点粗暴。但在这里我要说的是，如果驯马时不够粗暴的话，从长远来看，最后受到粗暴对待的一定会是骑手。你放跑一匹野马一次，它就会去再试一次，它即使本不是一匹劣马，终有一天也会变成一匹劣马，最终造成这匹马无法驯服。

马驯不服的主要原因是驯马人能力不足。一匹野马如果不是由熟悉野马本性的人来调教，往往就会驯服不了，于是驯马人只能使用饥饿或虐待的方法使它屈服，那样的话，马的斗志也会随之被摧毁。这也说明，一位懂行的驯马师一定要能确保马的心灵不受伤害。

马和人一样，千差万别。有些马比别的马需要更多的劝说教导，这其中有少数几匹，不管驯马人对它们如何严格，总是需要驯马人一次又一次地指出，它们不能这么做或那么做。它们会不断地尝试错误的行为，要是有一次真的让它们得逞了，它们通常会变得非常顽劣。

就如我前面说斯摩奇，"它记起了第一天自己被拴在畜栏外的木头上时，那根绳子是如何把它拽翻的，它可不想再来一次了"。这匹小马很有头脑，如果它被教育了几次该怎么做，它就会意识到该怎么做，但与此同时，驯马师也必须明明白白指出它该怎么做。这与其说是因为它身上的劣根性，不如说是因为这是驯马的必要的环节。

斯摩奇愿意学习，但必须由有能力教它的人来教。斯摩奇本性并不坏，反而很诚实，很明白事理，但是，如果稍有不慎，它就会变得凶狠顽劣。它会打架、咬人、踢人，但它是一匹野马，它只是按照自己的本能在做出行动，更多的是出于保护自己不被陌生的人类伤害。

这就是大多数草原马的本性。克林特调教过许多这样的马，总是能赢得它们的信任，在不伤害它们斗志的情况下把它们驯化好。克林特第一次用绳子套住斯摩奇的时候，就知道它是一匹野性十足的马，力气很大，但克林特同时看出，小马两只尖尖的小耳朵之间藏着聪明的头脑。

他对待小马的方式就像大人对待一个孩子，一个只要有机会就能学得很快的孩子。他抓住一切机会将小马应该学习的东西教给它，并且让它知道，自己对它有多好。

"该死，斯摩奇，"他老是说，"太糟糕了，我有时不得不用绳子来对付你，我打赌，你肯定还没把我当成朋友。"

克林特说的没错。一开始，斯摩奇把他当成敌人，和他大打出手；后来，它开始愿意相信他，特别是克林特来帮它解开缠绕在一起的绳子，和它说话，抚摸它的耳朵的时候。每当看到他傍晚过来，它的心跳都会加快，尽管它还没有意识到，但实际上，它已经开始期待他的到来了。

后来，就在它对克林特的好感迅速升温的时候，发生了一件事，让它一度怀疑他到底是朋友还是敌人。在畜栏里经历的鞍褥碰触，在一定程度上损害了它对这个长着罗圈腿的人产生的信任感；接着它背着空马鞍乱蹦乱跳时，头又被猛地一拽，这一切让它很是困惑，不知道是该反抗，还是乖乖听话。

斯摩奇无从得知它应该变成什么样的马，这个时期是它的敏感关键期，是它变成好马或变成劣马的转折点。这个时候，必须有人给它恰当的教导。克林特知道如何把马变成好马，正在着手一步步引导。

变成好马的办法只有一个，那就是让克林特教会小马该怎么做。克林特知道斯摩奇头脑聪明，只要他教了它，它就会知道自己必须按照对方教的去做。当然，这需要一点时间，小马还会继续反抗，需要进一步引导。为了不让它泄气，还得顺着点它的脾气。

第六章

接受驯导

克林特将手里的绳子放了有二十英尺长，站在一旁看着小马。看到小马脸上露出惊讶的表情，克林特不禁笑了起来。小马刚刚戴着空马鞍弓背跳跃时，被他阻止了。这是它光滑的背上第一次套上马鞍，也难怪它想要挣脱，因为以前从来没有东西在它背上停留过。

"现在，放轻松，抬起头来。"克林特一边说着，一边朝着小马走去。斯摩奇四肢叉开，眼神惊恐，紧张地打了个响鼻，目不转睛地看着走过来的牛仔。它不知道是该站在原地准备战斗，还是在牛仔走过来的时候向后退。斯摩奇看着他走近，像是没有要伤害它的意图，于是它站着没动，只是看着，等待着。一只手摸上了它的额头，然后摸到了脖子，顺着脖子又往下摸，在这期间，克林特一直在跟它说话，斯摩奇急速跳动的心脏很快就平缓了下来。

接着，他牵着它走了一段。它听到马鞍发出嘎吱声，每走一步都能感觉到马鞍的重量，它体内生出强烈的愿望，想低下头，开始猛烈弓背跳跃，把马鞍甩下来，但牛仔就在它跟前，它可不想再次被突然制止，第一次被制止时的不快经历它还记忆犹新呢。

走到畜栏的另一边，克林特转过身来，摸了摸斯摩奇的耳朵说："好了，伙计，让我们来看看，我骑到你背上时，你会有什么样的表现吧。"

斯摩奇看着这个人伸手去拉马鞍上的前肚带，感觉到肚带在明显收紧。它的背高高拱起，把马鞍顶得几乎竖了起来——弓背跳跃时，它就是这样拱着背的。克林特本可以牵着马转上几圈，直到它不再拱起背尝试跳跃，但他并不喜欢过早剥夺野马弓背跳跃的自由。他认为，一匹有头脑的好马本就应该在最初负重的时候弓背跳跃，他不想过早扼杀马的这种天性，以防这种天性在马被认为驯好之后再爆发出来。

他一动不动地站在原地，他知道，只要自己一动，小马就会发作。斯摩奇确实已经做好了准备，就等着导火索被点燃。它看见牛仔提了提他的皮套裤，这样皮带就不会妨碍他的腿部动作，看见他把帽檐往下拉了拉，然后它就什么也看不见了。有什么东西挡住了它的视线，因为牛仔的拇指放在了它的左眼皮上，并把它的左眼皮向下拉。下一秒，它感觉到马鞍的重量突然增加了，然后它又能看见了。

但此时眼前的情况让它目瞪口呆，惊得身体僵在了原地，呆立了半分钟之久。那个原本站在它身边的牛仔，现在已经坐到了它的背上，正好坐在那块它一直想要甩脱的皮革上。

凭着直觉，它知道人和马鞍都不属于它身体的一部分，只要它努力挣扎，就有可能甩掉他们。在它看来，只能这么干了。此时此刻，它感觉自己一定要做点什么才行。

它低下头，嘴里发出一声怒吼，相当于喊着"我要你下来"。它拱起背，使得马鞍像绕着某个中轴一样扭动起来，然后，如钢铁般坚硬的肌肉之躯从地面弹起，将人和马都带到了半空中，似乎要在半空中颠簸好一阵才会落下来。场面一片混乱，构成了一幅难得一见也难以描绘的景象。

马鞍上的穗子像鞭子一样发出啪啪啪的声响，皮革也发出嘎吱嘎吱的声音，小马的四个蹄子重重落到地上，带动整个畜栏都震动了一下，扬起一大片尘土。斯摩奇感到恐惧、愤怒而又绝望，这些情绪把它身上所有的行为、力量和忍耐力全都激发了出来。它使出浑身的力量，每一根毛都直直地竖起，每一块肌肉都在不断收缩张弛，以甩掉背上的重物。

克林特隔着马鞍也能感觉到马身上的肌肉在不停收紧和张弛，双腿触到的部位如钢铁一样坚硬，肌肉的快速收放使得马背不断上下颠簸，他身下的马鞍颠得都要变形了，这让他不禁怀疑马鞍是不是真的会被颠下去。有时似乎会出现以下情形：斯摩奇向着一个方向移动，但马鞍却朝着另一个方向移动。他都有点弄不清楚马头的位置了，而在他所有的骑行经历中，他第一次如此希望能够明确知道马头的位置，因为在这种时候，不知道马头的位置就有如蒙着眼睛骑马。这样就可能导致骑手在不可预测的颠簸中被掀下马，使事情变得难以把控。

斯摩奇的跳跃逐渐慢了下来，最后完全停下了，而克林特一直稳稳地坐在马背上。小马全身是汗，急需凉风降温，鼻孔张得大大的，不断喘着粗气。它感觉到有一只手在抚摸它的脖子，于是瞪大眼睛，朝着仍在背上的牛仔竖起耳朵，站着没动，听着他说话。

"表现不错，小马，"克林特说，"要是在你这样的马身上没有如此坚韧不拔的精神，我会很失望的。"

要是斯摩奇像狗一样自小在人类身边长大，一直与人类生活在一起，它自然能听懂克林特说的话，明白他的意思。但是，斯摩奇是一匹来自平原和山地的野马，尽管克林特的声音和抚摸有一定的安抚作用，但它还是会一而再再而三地反抗挣扎。反抗人类是它的本能，它会一直反抗下去，直到那个人证明自己有能力驾驭它，并且是它的朋友。

这是一个循序渐进的过程，斯摩奇还不知道那个人会不会成为它的朋友，反正在驯马的过程中它是不会知道的。因为在驯马的过程中，一匹马有时会被逼着去做它不想做的事情，这显然会降低它对人类的信任感。

斯摩奇站在那里，全身颤抖，心里想着，是不是就没有别的办法了呢？是不是那个牛仔让它做什么，它就得做什么，以后它没有任何发言权了呢？要是能把牛仔甩下来就好了。但小马不知道的是，即使它把牛仔甩下来，也改变不了什么，因为它注定要为人类服务，就算它把一个人甩下来，也会有另外一个人再爬上去，最终它一定会屈服，这个过程中它也会经历许多痛苦。

斯摩奇感到自己的脖子被轻轻拍了一下。"来吧，小家伙，"克林特说，"在畜栏里小跑一会儿。"

与其说斯摩奇是在小跑，不如说它是在弓背跳跃，但克林特任由它这么做。等它抬起头来，他又继续让它小跑，直到它不再跳跃。

"我想你今天已经学得够多了。"克林特一边说，一边驱着斯摩奇来到畜栏边，面向栏杆停了下来。接着，他伸手拧了拧小马的左耳，在小马的注意力集中在左耳上时，他下了马。

克林特右脚触地，左脚踩在马镫上，同时上身紧贴马的肩膀，避开马的后脚的攻击范围。这个姿势他保持了好几秒钟，斯摩奇一直注视着他，像风中的树叶一样颤抖着身体，随时准备着，一旦对方做出对它不利的举动，就狠狠地给他一蹄子。

克林特想让它看着自己，这也是驯马的重要一步。他想让斯摩奇知道，这种时候它就应该站着不动。这时，克林特镇定自若地再次爬上了马鞍，动作缓慢从容，小马站着没动。他上马的动作干脆利落，用的是驯马师特有的上马方式，斯摩奇甚至没有感觉到马鞍有被拉扯。即使马鞍没有被系住，也不会因他上马而来回移动或掉下来。

克林特就这样上马下马了好几次，斯摩奇站在原地瑟瑟发抖，心里害怕极了，但似乎又愿意乖乖听话。也许它已经意识到，反抗这个牛仔是没有用的，也许它已经累了，总之，它就那样站着没动。突然，斯摩奇感觉绑在身上的带子松开了，马鞍被缓慢轻柔地拿了下来。小马转过身，面对拿着马鞍的牛仔，嗅了嗅那一大块皮革，打了个响鼻，好像在说："哎呀！我还以为那东西会永远粘在我身上了呢。"

克林特把马鞍放在一旁，开始用一个麻布袋给斯摩奇擦背。从小马的表现来看，它感觉非常舒服，克林特每擦一下，它的上嘴唇就噘起并抽动一下。克林特最后停下来的时候，小马的反应明显是它还想要，于是克林特又擦了起来。

克林特一边擦，一边笑着说："我肯定会把你宠坏的。我们才刚刚完成第一次上鞍，你就开始向我要好处了。"

当晚，斯摩奇被拴到了一个新地方过夜，那里的草长得又高又茂密，但不知怎的，它的胃口并不是特别好。直到天亮，草地上也没有任何表明它吃过草的痕迹（至少克林特观察到的是这样）。它只是站在那里，似乎在认真琢磨什么，顾不上进食。它看起来很憔悴，仿佛被人骑了一整晚似的，对它身下和周围的草没有任何兴趣。

克林特在畜栏里驯其他野马的时候，会透过栏杆的间隙看一看那匹小马的情况。他时不时看一眼，但大多数时候，小马的姿势一直不变，即使有时看到它低下了头，它也只是在一点一点地啃草，吃得并不多。

斯摩奇现在的生活较之前有了很大的不同，它正在艰难地接受着这种变化。相较于其他野马，它接受起来更加艰难。克林特觉得，这是因为这匹小马比一般的野马更加聪明，因而也更为敏感，领悟能力更强。

"我想今天还是让它休息一天好了。"牛仔说，因为他发现即使到了那天下午，它的精神也没有好起来，"它需要时间把事情想明白。"

第二天清晨，克林特从宿舍里往外看，发现斯摩奇正在小溪边吃草。看来，小马经过反复思考后，终于做出了某种决定，于是又开始吃草了。斯摩奇大口大口地吃着，好像要把失去的时间补回来一样。它好像接受了一切。

牛仔笑了。"我知道那个小家伙在想什么。"他说，"它要斗争，我今天肯定要被它折腾得够呛。"

克林特驯完九匹脾气暴躁的野马，完成当天的工作后，来到拴斯摩奇的地方，把它牵进了一个畜栏。几天前，斯摩奇就是在这里开始接受驯导的。它看起来与第一天刚进来时判若两马，它的头昂得更高，意志更加坚定，不像第一次那样，发生一点小事情就退缩、打响鼻了。克林特还注意到，当他把马鞍放在它背上，并系上带子时，它做出一副若无其事的模样。

"我不喜欢你鼻孔里的咕噜声，"他说，"听起来你像是要动真格的。"

虽然克林特在开玩笑，但他也是要动真格的。他不会让小马蒙混过关，因为他知道，一旦让它蒙混过关，再想劝它乖乖听话就比登天还难。他必须严厉地对待它，虽然他的内心不想那么严厉。

克林特看到斯摩奇眼里的光芒，就明白了它的想法。他能读懂它的所有行为表现，所有一切都传达了它想要战斗的想法。

"我很高兴看到你这么斗志昂扬，"他一边说，一边把帽子往下拉，"如果你想战斗，那我也得战斗，祝愿我们中厉害的那一个能赢。来吧。"

克林特上马时，又把手放在了斯摩奇的左眼上。它只是微微摇了摇头，它不想去理会这样的小事。这也是它对这个牛仔的警告，让他坐稳，因为接下来，情况会比以往任何时候都要糟糕。

野马在驯马师第一次上马时的弓背跳跃和之后上马

时的弓背跳跃是有很大区别的。牛仔第一次上马时，斯摩奇只是一匹普通的受惊的小马，它的意图自然是想把牛仔、马鞍和其他所有东西都甩下来，但它十分害怕，也很无助，根本不知道应该怎么做。有了第一次的经历，它明白了，单纯的弓背跳跃是吓不倒牛仔的，它必须依靠科学的方法和冷静的头脑研究出牛仔可能存在的弱点，并在这些弱点上下功夫，直到地上的影子告诉它牛仔要摔下来了。

斯摩奇清楚，像第一次那样惊慌失措地弓背跳跃是不会有什么结果的，也许这就是它过去一天多来认真思考后得出的结论。总之，它是一匹头脑冷静的小马，这一次当它做"低下头"这个动作时，表现得从容而潇洒。它先是跑了几步，做了几个简单的跳跃动作，目的是为了初步摸清这个牛仔是如何骑在它身上的，然后一边回头观察骑手的所有动作，一边计划着要怎么做才能把他甩下来。

就在克林特似乎骑得最为轻松的时候，斯摩奇毫无征兆地跳了起来，动作猛烈，使得马鞍剧烈地扭动着，牛仔在上面很难坐稳。它身体弯曲、高高跃起，又重重落下。斯摩奇认为，突然的动作变化能让牛仔的身体重心不稳，向一旁歪去，而这正是它想要的，以便它继续执行既定的计划。

自从斯摩奇身上被套上了绳子，这还是它第一次感受到鼓舞，心想它或许能战胜这个牛仔。胜利的希望给它带来了新的活力，它更加卖力地扭动跳跃起来，不给牛仔任何坐稳坐直的机会。自这一刻开始，每一次跳跃都是对付牛仔的手段，它原地转圈，每次落地都能恰好落在原来的地方。

牛仔仍好好地骑在鞍鞒上，身体歪向一旁。斯摩奇继续跳跃，头脑冷静地仔细观察，小心翼翼地选择跳跃的方位，防止刚好跳到牛仔希望的位置。它坚持着自己的想法，寻找牛仔是否有不稳的迹象，但结果令它失望。马鞍上的牛仔虽然歪着身子，但他还是坐得稳稳的，左手抓着笼头上的绳子，右手高高举起，不断来回挥舞。

在接下来的战斗中，牛仔再也没有表现出身体不稳的样子。斯摩奇开始纳闷起来，它尝试了不同的战术，用尽了所有的办法，将身体弯成不同的形状，但仍无法摆脱那个人。它有些累了，开始喘起了粗气，很快，它就没有之前那么冷静了。

它又接着做了几个凶猛有力的跳跃动作，将地面震得都颤动了，同时也将它的理智消耗完毕。当它回头看了一眼，发现牛仔还坐在它背上时，它便再次绝望了，开始变得愤怒起来。它发出一声怒吼，完全忘记了自己之前研究出的，用来打败对手的方法策略。

之后的战斗没有持续多久，因为斯摩奇太愤怒了，完全失去了理智。它与空气斗，与大地斗，与所有的一切斗，失去了特定的目标。不久，它的动作就减弱了，向前蹦跳着跑了一段，最后停了下来。

斯摩奇四腿叉开，站在那儿喘着粗气。克林特从马背上爬了下来，小马似乎没有注意到他，只是隐隐约约感觉到牛仔在用手抚摸它的耳朵，整理它的鬃毛。

"我就知道你今天会把我折腾得够呛。"克林特说。

有一件事斯摩奇不知道，那就是在战斗过程中，牛仔根本没有要跌下马鞍的感觉，身体歪向一旁，只是他习惯性的动作，就像摔跤者习惯使用单臂扼颈动作一样。

可怜的斯摩奇又输了，但从某种程度上说，它又赢了——它赢得了牛仔的心，因为这场战斗之后，牛仔更加喜欢这匹小马了。他看到了斯摩奇表现出的强大思维能力和顽强斗志，内心由衷地认可和欣赏它。

由于斯摩奇总是失败，可能有人认为它的斗志会受到打击，最终会被完全摧毁。但是，如果你们能在第二天看到这匹马，这种想法肯定会烟消云散。它被拴在木桩上的时候，花费了更多的时间来思考、盘算，制定出新的计划；它还大口大口地吃着繁茂的青草。通过这种种表现能推断出，无论它的计划是什么，它都决定以最佳状态去实施。

有些人可能会觉得奇怪，在与牛仔的争斗中，斯摩奇虽然一直输，但它对牛仔却好像毫无怨恨。事实上，第二天早上，当牛仔朝着小马走过来时，小马用脑袋蹭了蹭微笑着的牛仔的肩膀，似乎很欢迎他的到来。这情景表明，畜栏里的争斗是友好的。双方都动了真格，都想赢，但争斗一结束，他们之间的紧张氛围便烟消云散。那种感觉就像两个朋友吵架，争吵一结束，他们立刻抿嘴一笑，握手言和。

斯摩奇曾两次试图把牛仔从背上甩下来，都以失败告终，但它至今仍不相信自己无法成功。克林特第三次爬上马背后，小马比以往任何时候都更卖力地跃起，克林特只是坐在那里任由它折腾。克林特曾鞭打过几匹乱蹦乱跳的马，他之所以鞭打它们，是因为它们天生就太过于顽劣。而斯摩奇不同，到目前为止，它还没有表现出一点恶劣的品性——这匹小马很有信心，认为一旦它掌握了正确的方法，就不可能有人能坐到它的背上。它想确定一下，在它猛烈地弓背跳跃时，克林特是否真的能全程骑在它的背上。一旦确定克林特真的能做到，它很可能就会放弃。

在前两次的骑乘过程中，克林特在斯摩奇停止弓背跳跃之后，会让它在畜栏里跑上几圈，直到它平静下来为止。以至斯摩奇以为，每次牛仔把它关进畜栏，套上马鞍后，最后都会如此。第三次被套上马鞍后，它照例进行了猛烈抗争，但令它惊讶的是，畜栏门这时竟然打开了，牛仔又爬到了它的背上，骑着它往开阔之地跑去。

斯摩奇喜欢高高的山脊，就像鸭子喜欢水一样。它像一匹驯好的马一样小跑着，接着大步跑了起来。被拴了几天后，斯摩奇觉得，在空旷的原野上这样奔跑真是太好了，它并不在意牛仔要骑着它去哪里。一时间，它忘记了背上的重量，耳朵朝前竖起，只是脖子上的那只手时不时提醒着它，有人和它在一起。

它在第三次斗争中，再次被打败，现在需要调节一下心情。克林特又赢了，斯摩奇很想做点什么来驱散输掉后的沮丧之感。它利用这个机会快速奔跑起来。它纵情奔跑着，一切都很顺利，突然，一只受惊的野兔从藏身之处跳了出来，就在斯摩奇的鼻子下方，斯摩奇惊得直立起了身体，向一边躲去。与此同时，克林特的皮套裤卷起的宽边，摩擦到了斯摩奇的肩部，这让它更加害怕了。它又一次弓背跳跃起来。

最初的几次跳跃非常猛烈，但并没有持续多久。没过多久，它就放松下来，又大步奔跑起来。克林特让它跑了一会儿，然后掉转马头，向着畜栏跑了回去。到了畜栏，克林特让它停了下来，连续做了几次掉转马头的练习；之后，又骑着它跑出畜栏，接着又掉头跑了回去。这样的训练持续了几分钟，克林特卸下马鞍，用绳子把小马再次拴了起来。

奔跑让斯摩奇感到有些疲惫，也让它胃口大开。那天晚上，它没有再花很多时间去思考如何打败那个牛仔，而是花时间多吃了些草，休息了一阵，甚至还睡了一段时间。第二天，当它被牵到畜栏套上马鞍时，它甚至没看牛仔一眼，它对另一个畜栏里的野马产生了兴趣。要是在以前，它的骄傲会让它无暇顾及这些，但不知怎么的，如今情况变了——想办法甩掉牛仔这件事已经让它厌烦，尤其是它发现得到的结果只有失望的时候。此外，它觉得马鞍和那个牛仔已经不是那么难以忍受了。

虽然斯摩奇已经开始慢慢适应，但它还是再次猛烈弓背跳跃起来。当然，现在它的反抗并不像之前那样激烈，它更多的是觉得自己应该跳跃一会儿。仿佛这样做才会让它感觉好受一些，而且它也想活动活动身体。即便只是随意跳跃，它还是扬起了大量尘土，落地时，马蹄发出了砰砰砰的撞击声。这番动作的强劲程度，足以把许多人掀翻在地。

之后，又像昨天那样，它跑了一圈，掉了几次头，学习了如何感觉缰绳传达的指令。就这样，斯摩奇又度过了一天。它逐渐适应了克林特制定的训练计划，对骑马过程中出现的新游戏产生了兴趣。

有一天，牛仔在它身上套了一根绳子，它拖着绳子走了很长一段距离。尽管斯摩奇紧紧地盯着绳子，避免被绳子缠住自己的腿，导致自己摔倒，但其实它并不十分担心。很快，克林特把绳子绕成了一个绳环，然后把绳环甩到空中旋转起来。一开始绳环的旋转速度缓慢，绳环也很小。斯摩奇饶有兴趣地回头看了看，然后打了个响鼻，它很好奇那根绳子是做什么用的，克林特要搞什么鬼。

但绳环除了转个不停，别的什么也没发生。绳环越变越大，然后被扔到斯摩奇前面不远处的地上，这让斯摩奇吓了一跳，打了个响鼻。绳子迅速绷直，之后又被牛仔收了回来。斯摩奇并没有试图逃跑，它还没有忘记木桩上那根长长的软绳带给它的教训，那就是：有绳子在身边时，不要乱跑，因为绳子总是有办法让它停下来，无论它怎么反抗都没用。

牛仔就这样一次一次地绕出绳环，一次一次地扔出绳环，然后又一次一次地把它重新盘起来。绳环一会儿被扔到这边，一会儿被扔到那边，一会儿被扔到前面，一会儿被扔到后面，最后无论绳子被扔往哪个方向，斯摩奇都已经不再害怕了。就在它开始对这个游戏失去兴趣时，克林特用绳环套住了一小丛灌木。绳子绷紧了，斯摩奇也开始使劲拉，与其说它知道自己该这么做，不如说它是想看看到底是什么东西阻碍了它前进。最终，灌木被拉了出来，直接朝着斯摩奇撞了过来。斯摩奇本想就此跑开，但克林特却拉住了它，让它直面那一小丛灌木。

当牛仔态度坚决地把灌木缓缓拉向斯摩奇时，斯摩奇就像风中的树叶一样瑟瑟发抖。当灌木碰到它的前蹄时，它朝着灌木踢了一脚，又打了个响鼻。当它感觉到灌木在沿着它的肩膀往上移动时，它又弓背跳跃起来，但还是无法摆脱灌木。这陌生的触感让斯摩奇非常不安，它认为那一定是什么邪恶的东西。克林特把绳子从灌木上解了下来，把灌木拿到小马的鼻子底下，等它看清那是什么东西时，它露出了无比羞愧的神情，它居然会被这个东西吓成那样!

就这样,克林特用绳子作套索,套向任何可以拖拽、移动的东西,包括松动的树桩、树枝、旧马车的碎片。他把那些足够轻的东西一一拉到斯摩奇面前,一开始每一次它都会无缘无故地退缩和反抗。到了最后,它看见任何东西,最多只是打个响鼻而已。后来,克林特套住一个旧煤油罐,把它拉到了斯摩奇的鼻子下,罐子发出吭当吭当的响声,斯摩奇不再害怕,站在原地没动。

克林特让斯摩奇学习拉绳子,让它拖拽重量和一岁小牛犊差不多的东西。之后,克林特逐渐训练它把绳子拉紧保持不动,直到它的肌肉轻微抽搐才让它放松下来。所有这一切的学习都需要时间,牛仔每天只教它一样内容,有时一样内容也分好几天来教,但是随着时间的推移,它学到的东西越来越多。

看着斯摩奇一副好学的模样,克林特心里十分高兴。斯摩奇的小耳朵前后转动,眼睛从来不错过任何一个动作，鼻孔对着新鲜事物不断翕动。还有一件令克林特高兴的事情，那就是小马对他非常信任了。当小马面对新事物有所疑惑或感到害怕时，牛仔的一句话或是轻柔的抚摸就能带给小马莫大的鼓励。

一天，克林特赶来了一群牛，开始教斯摩奇如何牧牛。他会牵着小马来到牛群中间，再把某头一岁多的小牛犊赶出牛群，让斯摩奇把注意力完全放在那头肥胖的、性情乖张的小牛犊身上。一开始，斯摩奇很困惑，完全不知道自己该怎么做，但克林特很有耐心，一点点地教它。没过几天，这匹小马就明白了自己需要做什么。与此同时，使用套索的学习也没有落下，跟牧牛的练习在同步进行。偶尔克林特会套住一头壮实的小牛，训练小马在小牛围着它转圈、跳跃、怒吼时，鼻子紧跟着套索的绳子并转动身体。

斯摩奇表现出很喜欢做这些事的模样，它对此十分感兴趣，就像小孩子对新游戏感兴趣一样。斯摩奇喜欢追逐愤怒的母牛，强迫它掉头，把它拉到它不愿意待的地方。套索套在某头牛身上时，它喜欢紧紧拉住绳子，觉得自己能够压制住对方。这一切对它来说就像一场游戏，在这场游戏中，它面前的每只动物都必须按照它和牛仔的意愿行事。

斯摩奇全身心投入到学习中，没有一根神经是闲着的。克林特每天傍晚都会骑着它出去一段时间，练习赶牛群、逼停牛群、用套索套牛。这些事情让它的大脑忙得不可开交。事实证明，它会利用空闲时间思考问题，前一天它还百思不得其解的问题，第二天就会被它用果断而明智的方法解决。

它承担着这些零星的工作，并且从中得到了极大的乐趣。它完全适应了生活的变化，不再留恋之前与老鹿皮色马和马群在一起时那种自由自在的生活。它甚至忘记了妈妈，妈妈在它心里的位置已经被慢慢取代。它对这个每天来看它、陪它一起玩耍的瘦高牛仔产生了好感。它渐渐从完成牛仔要求的工作中找到了很多乐趣，每次做完一件事，它都心怀渴望，想要完成更多的事情。

克林特是特意这么做的，永远让小马保持着对下一项工作的兴趣，这样它就一定会有优秀的成绩。他还小心翼翼地保护着小马，不让它在工作中太过劳累。他想让小马觉得工作就是玩耍，并且尽可能地让它将这种状态保持下去。因为他知道，只有这样才能让斯摩奇的心情和斗志保持本真的状态。

第七章

真情流露

　　杰夫·尼克斯是"摇摆的R"牧场的牧牛工头，此时他正骑着马向着克林特驯马的马场赶来。春天繁忙的工作已经结束，杰夫认为现在正是独自跑马的好时候，也能顺便去看一看牧场的各个马场。于是他让副手负责看顾马车，自己骑上最好的马，在"摇摆的R"牧场的土地上纵马奔腾起来。

　　天气炎热，没有一丝凉风吹过。老牛仔杰夫骑着马，时不时地扬起帽子，好让帽子下方透透气。他骑着那匹棕色的大马一路飞奔，朝着马场的大门而去。一路上，杰夫在经过溪谷或洼地时，都会向那里扫视一眼，然后再抬头看向前方。作为一个老牧牛人，说是为了牧场也好，说是为了自己也好，他习惯于骑马时眼睛时刻留意着周围的一切，除非地方太远，目力有所不及，否则没有东西能逃过他的眼睛。

就在他纵马飞奔时，他注意到右边的远处有一缕细细的灰尘。尽管灰尘扬得很高，但不是由什么快速跑动的东西引起的，杰夫一眼就看出，那灰尘是被什么拖着的东西搅起来的。

他停下马，想要看得更清楚些。他很快就辨认出尘土下方有匹马的身影。马身侧面还有个什么东西，像是个包裹一样，不是牢牢被系在了马身上，就是挂在了马身上，被马拖着往前走。

杰夫在草原上见过许多人与马之间发生的事故，基于过去的经验，他认为，一旦出现了什么可疑的情况，就应该前去探查，而且要立刻探查清楚。他催马前行，快速奔过低洼之地，翻过起伏的山丘，越过土拨鼠聚居地。不多时，他就来到一个小山脊前，他要探查情况的地方就在山脊的另一边。

这时，他觉得最好还是慢慢来，等他看清楚情况再说。如果是骑手在马摔倒时被索具困住了，而那匹马又是一匹还未驯服的野马，那他现在骑着马冲过去只会让事情变得更糟，可能会使那匹马受惊而狂奔——这一点，没有人比杰夫更清楚了。

他下了马，走了一段路，透过高高的草丛看过去，一眼就看清了前面的情况。只见五十码开外有一匹鼠灰色的马，从笼头的安装方式来看，它像是一匹正在受驯，还没有完全驯好的野马，但从它的行为表现来看，它并不像是一匹未被驯化的马。它现在正做的事，连那些性格温顺，已完全驯好的马也做不来——它正半驮半拖着一个人，而且那个人还在不常用来上马的那一侧。

杰夫认出那个人正是"野马驯化专家"克林特。他很想冲下去看看到底是怎么回事，并上前去帮忙，但他还是忍住了。他不确定那匹鼠灰色马看到他后是否会被吓跑，而且他也不知道以那样的方式挂在马上，克林特的手是否抓牢了马鞍的鞍头。

他看出骑手还活着，但如果人是清醒的，把自己这样挂在一匹还没驯好的野马身上显然很不明智，而且还是挂在不常用来上马的那一侧。看到这里，杰夫开始觉得有些奇怪。他注意到，那匹马正朝着克林特的马场的方向前进，而且更令他惊奇的是，那匹鼠灰色的马并不像是在拖拽它的骑手，反而更像是在帮助骑手。他开始格外认真地观察起来，那匹马迈出的每一步都小心翼翼，每一步都在为它身边的人着想。小马观察着那个人的身体状态，有时它还会停下来或放慢脚步，等着那个人支起一点身体再继续往前走。

杰夫张大嘴巴，惊奇地看着眼前的一切。过了一会儿，那匹马碰巧经过一块大石头。杰夫看到，在那个人试图借助那块石头爬上马鞍时，马停下了脚步。看到这里，杰夫更觉惊奇。

"天哪！我见过，也骑过几千匹马，"杰夫说，"但我从来没觉得哪匹马有这么聪明。"

克林特努力上马的过程持续了近半个小时，杰夫一直在一旁观察。他看到那匹马站在原地，耐心等待着，并尽力为骑手提供帮助。终于，在石头和马的帮助下，克林特靠着自己仅剩的一点力气坐上了马鞍。马笼头上的缰绳是放开的，如果那匹小马要乱跳、乱跑的话，骑手根本没有办法阻止，只能任由它为所欲为。但是，它步子缓慢，耳朵朝前竖起，像人一样小心翼翼地驮着骑手往马场走去。

杰夫跨上马，远远跟在他们后面。刚才看到的一切让他极为震惊，对着身下的马开始自言自语起来。

"天哪！它还让克林特从不常上马的那一侧骑了上去，为什么我现在骑的这匹温顺的老马不会让我这么做呢？不过，也许我最好不要太早下结论。看样子马的大脑也会思考，也能想出奇妙的办法来，只是没到恰当的时候，智慧不会显露出来罢了。"

两三个小时后，他们终于到达了马场。杰夫一边骑马靠近，一边打量大畜栏，寻找克林特和那匹鼠灰色马的踪迹。果然，人和马都在，克林特还在马鞍上，看上去毫无知觉，而那匹马则站在畜栏门边，一动不动地等待着。

杰夫骑着马朝他们走去，但他很快就停了下来，因为他从马的行为举止判断，那匹马如果看到陌生的骑手靠近，一定不会再老老实实站在原地。为了防止那匹马逃跑，杰夫必须想办法从边上绕过去。他只得原路返回，等到了小马看不见的地方后，绕一圈，从另一边进入马场。此时，他所在的位置与那匹还没驯好的马和昏迷的骑手之间隔着畜栏和一个长长的马棚。

杰夫把马留在了视线之外的地方，身体紧紧贴着马棚，朝着那匹鼠灰色马靠近。他通过墙上的一个孔窥视了一下，发现马还站在原地，克林特仍在马鞍上。接下来该怎么靠近成了一个棘手的问题。杰夫不想让那匹小马受惊，那样的话，它会把受伤的骑手甩下马，但同时，他也不能放任骑手一直留在马背上。

他必须抓住机会，尽力而为。他绕过马棚的拐角，慢慢出现在小马的视线里，小马瞪大眼睛看着他。他一边走，一边跟它说话，这么做似乎起了一点作用，因为小马站在原地没动。但是，杰夫还是犹豫起来，不敢再靠近，因为他注意到那匹小马的眼睛里闪烁着光芒，那是在警告他保持距离。尽管小马的态度让杰夫有些恼怒，也有些着急，但他还是忍不住羡慕克林特，这匹还在受驯的马竟然对克林特有如此深的感情。此时，那位骑手仍在马鞍上昏迷不醒，头伏在小马低垂的脖子上。

起初，杰夫对这匹马的行为很是不解，等他终于明白过来时，被惊得目瞪口呆。他本以为小马一看到他就会逃跑，没想到它却表现出要和他对抗的模样。那匹小马并不想继续驮着受伤的骑手，但它也不想把自己无助的伙伴交给陌生的人。

自克林特和斯摩奇在空荡荡的畜栏里相遇以来，已经过去两个多月了。在这段时间里，他们之间发生过多次对抗，有时对抗还很激烈。但是，所有这些对抗都是克林特赢了，虽然赢得很艰难，但他还是赢了。渐渐地，斯摩奇开始对克林特有了信任，进而产生了好感。它开始期待他的陪伴，当它看到那个人在傍晚向它走来时，它就会高兴地嘶叫起来，走过去迎接他，直到拴着它的绳子都绷直了，它才止步。

无论小马做了什么，克林特都一如既往地对它好，这让他赢得了小马的心。每次克林特过来为它套上马鞍，骑着它出去玩套索和牧牛的游戏时，都能看到小马露出开心的笑容。

就这样，斯摩奇对这位罗圈腿骑手产生了感情。这也难怪当一个陌生人出现时，小马会表现出敌意了。除了克林特，斯摩奇这辈子没见过其他人。它认识克林特，但不认识其他人，它现在对其他人的感情不比它刚被人从放养地赶回来时多，其他人对它来说仍然是敌人。此时此刻，小马觉得这是它的伙伴最需要它的时候，如果那个陌生人胆敢再走近一点，它肯定会用蹄子把他踢个半死。他是它的敌人，按照它的思维方式，他也是克林特的敌人。

杰夫站在那里想了好一阵，试图接受并相信，那匹小马真如表现出来的那么聪明。他不可能为了救下马背上的人而去伤害或杀死这样一匹好马。他决定回去拿绳子，打算套住马的头部，把它拘在畜栏附近，就在这时，骑手好像醒了过来。

"赶紧醒过来，克林特，"注意到骑手动了的杰夫喊道，"从马背上下来。"

听到叫喊声，克林特的头抬起了一点。他听着杰夫说话，努力理解他话中的意思，并试图照做。当他试着在马鞍上挺直身体时，脸上露出了痛苦的表情。杰夫担心他会再次失去知觉，便大声叫他不要挺直身体，而是慢慢滑下来，稳住身体。

在杰夫的指导下，克林特忍着痛，花了不少时间，终于把腿跨过了马鞍，让自己滑到了地上。斯摩奇像雕像一样稳稳地站在原地，眼睛盯着杰夫，不断警告他保持距离。杰夫也确实照做了。

"抓紧马鞍，"杰夫指导着克林特，"把马牵进畜栏门里，我会来把门关上。"

事情完成得很顺利，当门关上时，克林特的手一软，整个人倒在了地上。幸运的是，杰夫可以通过栏杆的间隙够到他，但为了不惊动斯摩奇，他费了好大的劲，才终于把克林特从栏杆内弄了出来。杰夫抱起克林特向宿舍走去，此时，他真的有些庆幸，他和那匹小马之间隔着又高又结实的栏杆。即便栏杆又高又结实，杰夫到底还是有些担心，他一边走一边回头看，不确定栏杆是否真的能关住它。

直到太阳落山，天黑下来，克林特才彻底清醒过来，可以开口说话了。杰夫为了让他舒服些，想尽了办法。杰夫煮了肉干，熬了浓汤，放在克林特的鼻子底下让他闻。

克林特闻了闻，环顾四周后问："斯摩奇在哪儿？"

"如果你指的是你骑的那匹好斗的鼠灰色马，"杰夫说，"它在畜栏里，正担心着我会把你吃掉呢。"

克林特当时没太明白这句话的意思，他请求杰夫：

"能不能请你去帮它把马鞍从身上卸下来，然后把它拴在有草的地方，让它在那里吃点草呢？它很温顺，你能轻松应付。"

杰夫哼了一声，笑了起来："温顺？你就算把整个牧场给我，我都不想去靠近它。我已经不再是野马斗士了，而且，那匹小马正等着我把脑袋伸进畜栏里呢。"

此时，斯摩奇正在畜栏里转来转去，一点都不在意身上的马鞍，也没心情吃草，因为它实在太生气了，还很焦躁不安。如果克林特的身体是正常的，行动能力没受到影响，情况或许会不一样，斯摩奇甚至不会注意到那个陌生人的存在。任何会思考的动物，在伙伴生病或死亡时，似乎都会产生不同寻常的情绪反应——这匹小马和人一样，知道它的伙伴出了问题，那个陌生人却在这个时候出现，这无疑让它十分担心。

第二天，天气晴朗，太阳高照。杰夫扶着克林特站起来，半抱半扶地把他送到了斯摩奇过夜的畜栏。克林特一个人跟跟跄跄地走进了畜栏，小马嘶叫着迎了上来，耳朵朝前竖起，眼睛闪闪发亮，一副很关心的样子，似乎有很多问题想问。这时，它发现了杰夫，一看到杰夫，它的表情就变了，眼里开始燃起怒火，耳朵也往后拉直，贴向脖子。

克林特注意到了马的反应，说道："好了，我没事。"他回头看向杰夫，朝着杰夫笑了笑。但杰夫却没有笑，他感觉自己最好还是先离开。克林特帮斯摩奇卸下马鞍后，把它牵到有草有水的地方，让它去好好吃一顿。这一切似乎费了克林特不少时间，但他终于又出现在了杰夫面前，杰夫扶着他回了宿舍。

在路上，克林特开口说话了，这件事他已经考虑了很久。"你知道的，杰夫，"他说，"我想，到了我该放弃这份工作的时候了，我感觉自己还是不要再驯野马了，特别是在经历了这次的事情之后。"

"你到底是怎么受伤的？"杰夫问。

"都是因为一头愚蠢的牛，"克林特说，"它一看我骑着马过去，就想要逃跑。那头牛很健壮，跑得很快，于是我就想这是锻炼斯摩奇的好机会，让斯摩奇跟上去，训练它如何赶牛。我抛出了套索，但没有套准，落到了那头牛的前面，于是它踩了进去。就在那时，我急拉套索，结果用力过猛，那头牛重重地倒在了地上。事情发生得过于突然，而斯摩奇当时速度很快，根本来不及停下来，结果我们俩就一起撞到了那头牛身上。

"但那头牛并没有在地上躺多久，我们还没反应过来，它就起身了，恰好扯到了斯摩奇的前蹄，斯摩奇驮着我跃到了空中，我们翻了好几个跟头，才摔到了地上。

"之后发生了什么，我就不知道了。直到现在，我还觉得背上有重物压着。事情就是这样。或许我们摔倒的时候，我被斯摩奇压在下面了，但我觉得是那头蠢牛踩到了我身上，才使我昏迷的。

"我过几天就会好起来，但我熟悉这种伤痛。几年前，我在为"三C"牧场驯化一匹暴躁的黑色野马时也曾受过伤。我不想总被这样的伤痛折磨，因此我想，我最好还是不要再驯马了。我身体的其他部位也不太好，受过伤，也不适合再驯马了。如果你能让我加入你的马车队，我很乐意把我现在的工作让给别人。"

克林特沉默了片刻，接着说："但我还有个不情之请，杰夫，要是你让我继续留在牧场，我想请你允许我把斯摩奇留在身边。只要我还在牧场工作，斯摩奇就由我一个人来养。"

克林特刚才所说的事情，是他从第一眼看到斯摩奇开始，就一直在盘算、思考和焦虑的事情。克林特喜爱所有的马，对马的喜爱程度超过一般人，对斯摩奇的喜爱程度更甚。他担心别人会抢走这匹马，所以想了很多办法。他知道，只要自己还在做驯马师，他的职责就只能是驯化野马，所有的马一旦被初步驯好，就都会被带走，斯摩奇也不例外。

这就是问题的症结所在。于是克林特想，他必须放弃驯马，转而去牧牛，虽然即使去牧牛，马也可能被夺走，但他愿意冒这个险。他已经注意到了杰夫站在那里注视、欣赏斯摩奇的神态。如果说一个人非常想要某样东西时，会露出渴望的神情，那么杰夫在看到那匹马时，脸上露出的渴望神情再明显不过了。

克林特只能孤注一掷，因为他没有别的办法。他瞥了杰夫一眼，等待杰夫回答，但杰夫似乎并不想马上回答，而是问道：

"那匹马你驯了多久了，克林特？"

"两个月，可能两个多月。"克林特回答道，有些纳闷杰夫为什么要问这个。

"大约一个月前，是不是有几个牛仔来这里带走了你初步驯好的所有野马？"

"是的。"

"那你为什么没让他们带走斯摩奇？它和那些被带走的野马一样已经初步驯好了吧？"

这时，克林特紧盯着宿舍的墙壁，仿佛对墙壁产生了浓厚的兴趣。他笑了笑，回答道：

"杰夫，我想你知道原因。"

　　杰夫确实知道原因，而且知道得很清楚。他亲眼看到了昨天和今天早上发生在斯摩奇和克林特之间的一切，也知道了克林特为什么要把马藏起来，不让牛仔们带走。杰夫对着躺在床上的骑手会心一笑，把手搭在他的肩膀上，好像在说自己完全能够理解。

　　"只要我还在牧场工作，"他说，"从目前的种种迹象来看，我还会在牧场待很长时间，我非常欢迎你加入马车队，成为我的一名骑手。我也会给你熟练工的工资。克林特，我可以给你一匹最好的小马，至于斯摩奇，我当然也很喜欢。"

　　克林特的心跳到了嗓子眼，几乎让他窒息。"没错！我很想拥有它，"杰夫接着说，"但经过反复思考后，我认为这匹马真正属于你，而不属于牧场或我个人。它是一匹独一无二的马，而你，克林特，是独一无二的人。即使这匹马喜欢上了我，我知道这不可能，我也绝不会生出把它从你身边抢走的想法，特别是在我亲眼看到你们之间发生的这一切之后。"

克林特说他认为自己几天后就会好起来，实际上，他当时严重低估了自己的伤情。一个星期过去了，他的臀部往上几乎使不出什么力气，后背感觉像断了一样，一弯腰，就再也没有力气直起身。他甚至连一根马刺都捡不起来。

一天，营地来了一位新骑手，接手了克林特的工作。从那时起，克林特就经常到畜栏附近转悠，和新来的驯马师聊天，看着他驯马。当克林特不在畜栏的时候，你会在溪水浅滩旁的大柳树树荫下看到他，斯摩奇就拴在那儿。

自从杰夫上次来过之后，克林特对斯摩奇有了新的认识。杰夫的来访让这匹小马表现出了克林特做梦也没想到的感情。克林特感到十分惊讶，同时也为自己能让这匹马对自己产生如此深厚的感情而骄傲。这匹马相当于是他的了，他不用再担心失去它，一切都很美好。

一个月过去了，赶牛的马车队整装待发，将去执行秋天围赶牛群的任务，那些带着断奶大牛犊的母牛又要四下寻找藏身之所了。杰夫·尼克斯的马车队有二十二个骑手，其中一个就是克林特，他身下骑着的正是斯摩奇。此刻，他正被某个牛仔讲的笑话逗得笑得合不拢嘴。

休息了那么长时间，克林特康复得不错，可以骑马了，但骑不了野马。当他终于觉得自己可以骑马"圈牛""牧牛""守夜"时，他便给斯摩奇装上了马鞍，骑着它来到牧场总部，马车队将从这里出发。

斯摩奇也随着克林特休息了一个月。那天早上，克林特给它装上马鞍，骑着它出发了。尽管在斯摩奇看来，骑手已经恢复了健康，但从缰绳上传来的感觉，仿佛是骑手在提醒它不要做猛烈的弓背跳跃动作。之前斯摩奇有些调皮，总是喜欢乱蹦乱跳。在克林特因牛受伤的那天早上，它还弓背跳跃了好久。但那天早上，当克林特骑着它朝着开阔的草原和牧场总部进发时，它觉得自己应该抬起头来，听话地向前奔去。

几天后，斯摩奇到达了牧场总部。在这里，它第一次看到了忙碌的牧场大本营。到处都是牛仔，多得数不清；大畜栏里挤满了马，马棚也挤满了马。这地方还有马车和帐篷。当厨师从一边的木屋里冲出来，迈着欢快的步子跳上前与克林特握手时，斯摩奇打了个响鼻，避了开来。

"该死，克林特，"那个家伙说道，"我听说你不再驯野马了，那你现在骑的这匹鬼东西叫什么？"

"就叫马。"克林特笑着回答。

克林特卸下斯摩奇身上的马鞍，把它和其他骑乘马关到了一起，斯摩奇这才觉得放松了一些。它打了个滚，抖了抖身体，开始和其他马打起招呼来。虽然好像没有几匹马想和它做朋友，但它一点也不在意。它忙着从一个大畜栏跑进另一个大畜栏，把所有畜栏都跑了一遍。最后，它遇到了一匹枣红色的马，它觉得那匹马似乎有些熟悉，那匹马好像也觉得斯摩奇很熟悉，因为两匹马立刻对对方产生了兴趣，走上前和对方打招呼。

它们低下头，相互蹭了蹭鼻孔，接着，它们肯定进行了一番交流，因为几分钟后，它们就像两兄弟一样相互蹭起了脖子。事实上，它们就是亲兄弟。这匹枣红马是斯摩奇的弟弟，正是斯摩奇的妈妈在三年前带回马群的那匹小马驹，它也已经长大了。

它的背上也有马鞍的痕迹。几个星期前，一个牛仔把它赶进了畜栏，他把绳子套在它身上时，说了这么一句："这匹枣红小马是当牧牛马的料。"

杰夫很同意他的看法，因此，斯摩奇才会在这里见到弟弟。斯摩奇对这匹枣红马表现出了天生的好感，假如两匹马没有认出对方是自己的兄弟，那么它们也就不会有互蹭的举动了。

就在两匹马蹭来蹭去时，斯摩奇看到克林特打开了畜栏的外门走了进来。与他并肩而行的是杰夫·尼克斯，杰夫是来给克林特挑马的。斯摩奇看了他们俩好一会儿，多数时候都在看杰夫，但很快，它就又去蹭弟弟的肩膀了。它一定在想，克林特现在已经没事了，能够很好地照顾自己了——总之，它觉得克林特不需要它的任何保护。

那天傍晚，克林特来看了斯摩奇。克林特来的时候，它发现旁边的畜栏里有几个牛仔正在看着它。它越过克林特的肩膀看向了他们，打了一个长长的响鼻，声音尖锐，有如口哨声。

"我很高兴克林特没有把所有的野马都驯成那匹马那样。"其中一个牛仔说。他看到了那匹小马眼中那股好斗不服输的劲头。

"是呀！"另一个牛仔说，"他把它培养成了他的专属马。"

当晚，斯摩奇和其他马一起被放到了牧场的草地上吃草。它和它的弟弟在离开畜栏期间也是形影不离，在一处吃草。天亮的时候，一位骑手出现在地平线上，他把它们又都赶回到畜栏里，准备开始新一天的工作。

那天的工作开始得很早。太阳升起时，所有的牛仔都已经骑上了自己的马，炊事车、寝具车和柴火车都已经整装待发，杰夫一声令下就可以出发了。杰夫手一挥，所有人穿过大门，离开了牧场总部。三辆马车排成一队行驶在前面，后面跟着由二百匹骑乘马组成的"备用牧牛马群"，二十二名骑手骑着优劣不一的马飞驰在马车队伍两侧——秋季赶牛工作开始了。

第八章

开始牧牛

　　秋季赶牛的第一天对斯摩奇来说，就像定居点的孩子们第一天上学一样，只是斯摩奇已经长大成年，心智已经发育成熟。它睁大眼睛，竖起耳朵，生怕错过任何有趣的东西。

　　周围有很多新鲜事物，不断刺激着它的感官神经。由四匹马或六匹马拉着的大马车跟在领路员身后，时而疾驰如风，穿过连绵起伏的草原，翻过山丘，驶过洼地，发出许多令斯摩奇毛骨悚然的嘎嘎声。除此之外，跟在备用牧牛马群后面时，听到许许多多马蹄发出的嗒嗒声，斯摩奇心里有些发毛，想拔腿就跑。要不是有一只手时不时地放在它的脖子上安抚，并且不时传来熟悉的声音，斯摩奇肯定会拔腿狂奔，远离这队混乱的马车和人群。

斯摩奇周围有很多骑手，他们靠得很近，令它感到很不安。队伍向着第一个营地行进的过程中，时不时会有某匹野马突然爆发，猛烈地弓背跳跃起来，想要甩掉背上的牛仔。这个时候，斯摩奇也想这么做，但是，每当它有这种念头的时候，克林特的手和声音总是能令它平静下来。克林特的手和声音对斯摩奇总是能起到安抚作用，只要克林特在身边，它就没有什么可怕的。

在随着队伍前进的过程中，克林特通过控制缰绳，驱使斯摩奇往边上走，离开队伍一点，这样，它就可以更加放心大胆地观察队伍以及周围的景致。斯摩奇的耳朵兴奋地动个不停，因为克林特在跟它说话，行驶在草原上的队伍看上去没有那么可怕了，变得更有意思了。

斯摩奇跟在队伍后面，一直观察着前面的队伍。太阳升到半空时，领路员举起手画了一个圈，整个马车队跟着他停了下来。队伍停下几分钟后，大家开始安营扎寨，厨师开始烧火做饭。眨眼间，就有人用绳缆围好了一个临时畜栏，把备用马群赶了进去。

斯摩奇饶有兴趣地注视着这一切，众多的马匹、人和所有的一切让它觉得眼睛和耳朵都忙不过来了。它转头看着周围的一切，时不时低声打一个响鼻，好似在说："这可比我以前见过的所有景象都要刺激多了。"

"过来吃饭了，坏小子们！"这是厨师在喊骑手们过去吃饭。就在这时，斯摩奇看到克林特朝它走过来，它此刻被绳子拴着。克林特摸了摸它的耳朵背，然后把它牵到用绳缆围成的临时畜栏前，帮它卸下马鞍，把它和备用马群关在了一起。

"好好打个滚吧，斯摩奇。"克林特一边解下绳子，一边说，"可别让那些暴躁的野马欺负了你。"

斯摩奇回头看了看克林特，好像在问他要去哪儿。接着克林特看见它信步走开了，消失在马群里。

牛仔们吃完饭后，把金属材质的杯子和盘子放到专用的锅里，走向放在临时畜栏旁的马鞍。牛仔们从马鞍上解下一捆捆用作套索的结实绳索，打出一个个绳环。很快，绳环就嗖嗖嗖飞了出去，像长长的手臂一样，伸向特定的马匹。牛仔们这是在为自己挑选当天下午的坐骑。

斯摩奇听着绳环嗖嗖飞过头顶的声音，看着绳环套向其他马匹的脖子。尽管为了不使马匹受惊，牛仔们套马时都很安静，但每次这些蛇一样的绳索一出现，斯摩奇都会变得惶恐不安。克林特只用绳子套过它一次，那时，它还是一匹真正的野马，它从来没有忘记当被那根绳子套住并被拉翻在地时，那种绝望和无助的感觉。

听到那么多绳索发出的嗖嗖声，斯摩奇满脑子只想逃跑。当它看到有陌生的骑手拿着一捆可恶的绳索出现时，它会不由自主地往马群中间挤，但是，即使挤到中间也不安全，因为它不知道这些绳索能扔多远。

就在斯摩奇绕来绕去，穿梭在密集的马群中间时，它发现自己被挤到了边上，身体靠在了充作畜栏栏杆的大缆绳上。眼前的情景让它想再次躲回马群中间，但它根本没机会，马群把它挤得动弹不得，它只能瞪大眼睛看着眼前的一切。

几英尺外，有五六个骑手正在给马装马鞍，这让斯摩奇惊慌起来，它和这些陌生人之间的距离太近了。它正准备再次用力冲回马群中间，一个熟悉的声音传入了它的耳朵，它犹豫了。这是马刺上的齿轮发出的响声。斯摩奇很快就发现了克林特，他就在离它几英尺远的地方，正在给一匹陌生的马套马鞍。

一看到克林特，斯摩奇的头和脖子伸得老长，朝着他就嘶叫起来。克林特当时的注意力在别处，听到这熟悉的嘶叫声，赶紧转过身来。斯摩奇的心思全都表现在了它的脸上和叫声里，它好像在说："伙计，我需要你的帮助。"

克林特笑了起来，但并不是在取笑斯摩奇。

"怎么了，小马？"

其实克林特知道是怎么回事，当他靠近斯摩奇时，能听到它怦怦的心跳声，当他把手放在它的脖子上时，也能感觉到它脉搏的跳动。他抚了抚它身上光滑的皮毛，小马的心跳渐渐平缓了下来，很快就恢复了正常。感觉到这一变化，克林特内心十分感动。

斯摩奇看着克林特离开自己，往马鞍走去，马鞍就放在不远处的地上。它看着他把马鞍放到那匹陌生的马的背上，他又把马牵了过来，站在斯摩奇旁边把鞍系好。斯摩奇咬了一下克林特穿着皮套裤的大腿，就像在说："再陪我待一会儿。"

克林特确实在边上待了一会儿。他故意慢腾腾地系好马鞍的肚带，又仔仔细细地把绳索盘好。尽管他知道作为一个称职的牛仔，他应该去帮忙拆除营地，但他还是一直逗留在临时畜栏和斯摩奇旁边，直到最后一个骑手来套了马，上好鞍，骑着马离开。这时，牧马人把备用马群放了出来，围着马群转了一圈后，开始赶着它们去吃草，一直吃到马车队再次出发，前往当晚的营地。

克林特看着斯摩奇随着马群被赶去吃草，等到看不见它的身影后，他开始盘绕起大缆绳来，就是那根在开阔地上搭建临时畜栏用的缆绳。接着，他在另一位骑手的帮助下，把缆绳放到了一辆马车方便拿取的位置上。

不到一个小时前，厨师叫停队伍，跳下马车为牛仔们准备了午餐。现在他又上了马车，等着牛仔们把马连接到马车上，然后把缰绳交给他。不久，一切都准备就绪。领路员出发了，厨师吆喝着，赶着马车跑了起来；接着，装有二十多套寝具的马车也开动了，后面跟着的是柴火车。随后，两百多匹备用马也上路了，由日间牧马人照管。

秋季赶牛工作的第一次"圈牛"就发生在当天下午。圈牛一般是从赶牛马车队到达的地方开始。大多数地方的赶牛马车队都由三辆马车组成：一辆是炊事车，车上载着食物、锅具和厨师；一辆是寝具车，装着骑手们的被褥，外面还包着防水油布，二十多个人需要很多被褥，特别是在六月中旬都可能下雪的地方；还有一辆马车是用来装木柴和水的，这是为在草原上工作准备的，因为在草原上，有时可能走很久都见不到树林和水源。

厨师驾驶炊事车，厨师的副手驾驶寝具车，"夜鹰"（夜间牧马的骑手）驾驶柴火车。这三辆马车被称为"马车队"，是牛仔们在牧场上的家。车上装着他们的食物、行李包、被褥，以及一条他们用盐腌制过的生牛皮条，有时他们还会把生牛皮剪成细带子，编成驯马笼头用的鼻带之类的东西。

马车队的扎营地点每天都会变化，有时一天会变两到三次，这取决于工作完成的速度。"圈牛"从马车队所在的位置开始，二十多名骑手和牧牛工头骑马直奔十到十五英里外，然后在某个山丘上停下来。工头会让骑手们两人一组，朝着左、右、前方呈扇形向外散开，走到特定的某一地点或是再也看不到牛的地点，再掉转马头，赶着一路上看到的牛回到马车队。

这就是所谓的"圈牛"，平均覆盖方圆二十五英里，以马车队为终点，所有的骑手赶着各自找到的牛在那里会合。有时，牛仔们出去圈牛的时候，马车队可能就会迁到新的地方扎营，但马车队在哪里，"圈牛"的终点就在哪里。距离营地一英里左右的地方是"筛检场"，所有被圈回来的牛都会被赶到那里，在那里被打上烙印，进行阉割。他们一天要"圈牛"两次。

牧牛工头杰夫，在看到马车队井然有序地向着当晚的扎营地出发后，便策马奔腾起来，回头望了望他的那些牛仔。牛仔们正使出浑身解数，想要在那些还不听话的马匹上稳住身体。当他看到大家都坐稳了身体时，不禁咧嘴笑了，他为自己有这样一群顽强的骑手而感到无比自豪。

克林特骑着一匹名叫"查波"的高大的阿帕卢萨马，它是队伍里最好的牧牛马之一，但他此刻的心思并不在它身上。当他骑着马，朝着马车队和备用马群的右边进发时，眼睛一直盯着扬起了大量灰尘的备用马群，想要再看一眼斯摩奇的那抹鼠灰色身影。

斯摩奇此时正跟在马车队的后面小跑着，状态很不错。它和克林特在临时畜栏边分别后，就碰到了自己的弟弟。两匹马相互嘶叫着打了个招呼，并肩往前走去，一副心满意足的神情。队伍里最年长、最聪明的马匹脖子上系着铃铛，十几个铃铛发出的声音在斯摩奇听来觉得很新奇，也很悦耳。它觉得能再次和这么多同伴一起自由自在地奔跑，真是太好了。

中午时分，领路员领着队伍来到一片河滩，河滩周围是一片柳树和棉白杨树林。这天的第二个营地扎好后，牧马人赶着备用马群往河下游走了一段，不久就来到了离营地有半英里的河边，任马群在这里吃草。看到所有的马都心满意足地吃草、喝水和打滚，牧马人就离开了马群，由着马儿们自己去玩耍。他还要去搭建临时畜栏，准备做饭用的柴火，以及完成其他日间牧马人职责范围内的工作。

他一边干活，一边留意着马群的状况，如果有哪匹躁动不安的马表现出想要跑开的迹象，牧马人就会跳上马，把它赶回来，然后再盯上一会儿，直到确定那匹马没有再次逃跑的想法后才离开。许多牧马人为了躲懒，都用过"马很难管"这个借口。大多数情况下，这也确实是一个非常好的借口。

但斯摩奇和它的弟弟佩科斯没有给牧马人找这样的借口的机会。它们俩似乎非常满意，在清凉的溪水里痛痛快快地喝了水，然后打了个滚，就开始尽情地吃起草来。每过一会儿，斯摩奇就会抬起头，口里嚼着长长的草，看一看周围的山脊，然后又望向营地，对厨师用锅碗瓢盆时发出的声音很是好奇。它觉得这一切都很新鲜，也很有趣。分散在草地上的马经常发出嘶叫声，声音此起彼伏，四周还不断传来清脆悦耳的马铃声。斯摩奇静静感受着周围的一切，觉得自己已经别无他求了。

斯摩奇吃了很长时间的草，太阳快要落到西边的山脊时，它发现南边不远处有一团灰尘腾空而起，足有一英里高。灰尘越来越近，还不断传来隆隆声，很快，斯摩奇就听到了牛的叫声。那是一大群牛，是第一次"圈牛"的成果，足足有一千多头，有白脸牛、花脸牛、斑点牛、红牛、黑牛。颜色、品种、大小不同的牛出现在了山脊上，被赶往"筛检场"。

就在这时，牧马人从灰尘中飞奔而来，不一会儿，斯摩奇和其他所有的备用马又被赶回到了临时畜栏里。牛仔们需要新的马匹，于是绳索又开始满天飞，二十多个牛仔套走了专门用于分离牛群的马。很快，所有人又都骑上了马，去处理他们刚赶回的牛群。

听着绳索在头顶嗖嗖而过，斯摩奇又一次吓坏了。这时它听到一个熟悉的声音："你怎么样了，斯摩奇？"不过小马正忙着四处躲避，没顾得上嘶叫回应。似乎过了很长时间，马群才又一次被放了出来，牧马人又赶着它们去吃草，斯摩奇和佩科斯走在了马群的最前面。

马群在低洼的河滩上吃草，河对面就是牛仔处理牛群的地方。很多不符合要求的牛很快就被筛了出来，踏上了返回它们之前生活的那片草地的征程。不久，斯摩奇灵敏的鼻子就闻到了烧烙铁的火堆冒出的烟味，接着闻到了毛发烧焦的味道。它还听到了牛发出的吼叫声，忍不住低低打了个响鼻，好奇地注视着那个方向。

它看到骑手们正在忙碌，套索在空中飞舞，套住那些想要离群的牛。这个情景，它觉得有些熟悉，莫名想要靠得更近一点。它感觉到河对岸仿佛有什么东西在召唤自己，它不懂那东西是什么，但确实存在。

终于，空气中闻不到毛发烧焦的味道了，这一天的烙印工作结束了。牛仔们把所有的绳索都盘了起来，系在了马鞍上。斯摩奇看见除了几个骑手外，所有骑手都离开了牛群，向着营地走去。它低下头，和佩科斯一起一边听着金属餐盘发出的叮当声和牛仔们的笑声，一边四处寻找鲜嫩的牧草。

负责入夜前（从晚餐后到第一轮守夜开始前）值班的四名牛仔骑上马，去接替还在看顾牛群的骑手。没过多久，整个牧场便被笼罩在宁静的夜色里，就连那些牛似乎也不想在这个时候吼叫了，备用马身上的铃声也安静了下来，马儿们打起盹来。

斯摩奇也睡着了，但很快，它的耳朵就竖了起来，因为营地传来了一种它从未听过的声音，奇怪的是，这声音一点也不令人反感。

除了值班的四个骑手和"夜鹰"之外，所有牛仔，包括厨师、厨师的副手、日间牧马人和工头杰夫，都围坐在一大堆篝火旁。大部分人坐在或靠在包着油布的被褥卷上，一个离火堆最近的牛仔正努力用口琴吹着一首曲子。

传入斯摩奇耳朵里的正是这首曲子。年长的牧牛马对这首曲子都非常熟悉，要是它们的嗓子能哼出曲子来，马群中可能有很多马会跟着哼唱呢。这首曲子多年来一直在牧场和赶牛马车队里传唱，世代相传，虽然在后人所在的时代，牛头上的角不如他们父辈所在的时代那么长。这首曲子总是能唤起牛仔们脑海中的回忆，许多牛仔听到之后都会感伤不已，因为大多数牛仔都能记起，在某个宁静的夜晚，也有这样曲调的歌声在耳边响起，但突然间，牛群无缘无故惊慌起来，四散奔逃，事后，人们发现一个牛仔跌下五十英尺高的山崖，死在了马的身下，唯给人们留下那晚他唱此歌的回忆。

噢，我是一名来自得克萨斯州的牛仔，

远离家乡。

假如有一天我回到故乡，

我将不再流浪。

对我来说，怀俄明州太过寒冷，

冬天过于漫长。

赶牛的季节再次来临，

而我却口袋空空。

另一个牛仔跟着口琴的曲调唱起歌来，克林特也跟着哼唱起来。他哼唱了十来句，却混入了其他歌的歌词，有的地方还唱跑调了，但他哼唱时的"得克萨斯州重音"让所有曲子听起来都大同小异。

最后一句结束后，有些人抬起头，期待更多的歌曲，另一些人则拉低帽檐，心不在焉地凝视着篝火，任由歌声唤起的记忆将他们带回过去最激动人心的时刻。

除了篝火发出的噼啪声，周围一片寂静，其中一个牛仔正要开口说出另一首老歌的名字，这时，马群方向传来一声嘶鸣。

克林特望着熟悉的嘶鸣声传来的方向，露出了笑容。牛仔的歌声传到了斯摩奇吃草的地方，第一句歌声刚一入耳，小马就停止了咀嚼。它从头听到尾，然后嘶鸣一声，望向河滩上传来声音的那片火光。

它望了许久。夜已深，草原上万籁俱静，火光已渐渐熄灭，第一轮守夜不久后就要交班了，但斯摩奇还在望着。佩科斯早已沉入梦乡，不多时，斯摩奇觉得昏昏沉沉起来，也很快睡着了。

东方的天空泛起了鱼肚白，新的一天到来了，"夜鹰"聚集起马群，把它们赶往营地。天刚蒙蒙亮的时候，绳索就再次呼啸着越过小马们的头顶，套向马儿们光滑的脖颈。马儿们被绳索拉出来后，又与马鞍展开了一番搏斗。此时，太阳仍在山脊后面，但在赶牛马车队的营地里，一天的工作已经开始了。

不一会儿，备用马群又被放了出来，日间牧马人接手马群，开始放牧，而马车队则拔营前往其他地方。当所有东西都装上马车后，领路员带头出发了。当太阳升上天空时，厨师已经把他的厨房搬到了十来英里远的地方，锅里的东西已经被火烧热了。

这一天，斯摩奇来到了一个新地方，当它和备用马群一起吃草时，注意到大家都在重复前一天的工作。早上的"圈牛"行动赶来了一大群牛，下午又赶来了一大群，更多的牛被筛检分离出来，之后风中又闻到了毛发烧焦的味道。

为了满足牛仔们的换马需求，这一天，斯摩奇和其他马又两次被关进畜栏。它渐渐习惯了绳索的嗖嗖声和陌生牛仔的视线。克林特在它第二次被关进畜栏时，来看了它。当"夜鹰"把马群赶出去进行夜间放牧时，斯摩奇还在佩科斯的胁腹咬了一口，它觉得很有趣。

除了待在畜栏里的时间外，斯摩奇还是非常喜欢赶牛工作的——周围总是有那么多马，还总是听到牛群发出怒吼声，看到牛群扬起的漫天尘土，所有这些都能让它心跳加速。它还不知道作为一匹备用牧牛马，它该有什么样的期待；而且由于它无法理解现在发生的一切，它也不知道人类对它有什么样的期待，因此，它此时还是无忧无虑的。

"杰夫，今天上午，你要进行一场大规模围捕吗？"

第三天早上，克林特向杰夫提出了这个问题。杰夫明白克林特的心思，笑着对克林特说："克林特，你去骑你的斯摩奇吧，我让你在内圈进行围捕，这样就不会太累着它。"

就这样，轮到斯摩奇上阵的时候，给它的任务是最简单的。斯摩奇发现克林特朝着它走来，手里拿着绳索，但没有拖着绳环，它走上前去迎接他。

在备用马群的众多马匹里，很少有牛仔主动走上前去牵马，即使是最温顺的马，牛仔也是用绳索来套。驯马方式就是这样，这样做可以节约时间，牛仔可以站在三十英尺外，用绳索套马，然后把它牵出去。这样做牛仔可以少走好多步。在有这么多骑手和马匹的情况下，这些节约的步子和时间累积起来就很可观了。再说了，总有那么多脾气暴躁的野马存在。所以，为了保险起见，每匹马都用绳索来套。优秀的套马者在套马时从不失手，唯一能听到的声音就是绳索从地面飞起落到马头上的声音。

但即使是在管理规范的养牛牧场里，也偶尔会有例外。斯摩奇就是"摇摆的 R"牧场的一个例外。每一个牛仔都很嫉妒克林特，因为每次克林特一出现，那匹本来躲在马群中间的鼠灰色马就会抬起头，从马群里跑出来。

克林特一走近，斯摩奇就知道接下来会有事情，但不管是什么，它都非常期待——它和克林特一定能进展顺利。当它感觉到肚带收紧时，它的背拱了起来，克林特笑着说：

"想再折腾折腾我这把老骨头，是吗？"

斯摩奇真的这么做了。克林特一坐上马鞍，它就低下头，开始在平地上四蹄乱蹦乱跳，嘴里不断嘶叫，就像一只吃人的凶兽。对一匹精力充沛的马来说，在寒冷的秋日清晨，这样做没什么不好。斯摩奇喜欢折腾一番自己背上的骑手，而克林特也同样喜欢拍打斯摩奇圆滚滚的屁股。

"你最好省着点力气，"克林特说着，终于拉起了斯摩奇的头，"因为在你回营地之前，需要用力气的地方多着呢。"

离营地约十二英里的地方，有一座小山丘，牛仔们到了那里后，杰夫把他们遣往不同方向去圈牛，他们要把这一片区域的牛都找出来，赶回去。克林特和另一名骑手是最后一组出发的，他们负责在内圈找牛，并把牛聚拢起来。在回营地的半路上，斯摩奇注意到自己的两边出现了大股灰尘，这些灰尘越来越近，很快它就发现那是其他牛群扬起的灰尘。那些牛群不断汇入到克林特这一组的牛群。等他们抵达营地时，所有的牛群都合成了一个大群。二十多名骑手赶着一千多头牛朝着筛检场奔去，将在那里对牛进行处理。

斯摩奇感觉很累，它一直在吸入灰尘，没完没了地围追堵截那些目光呆滞的牛。另外，它觉得背上放马鞍的地方很热，虽然克林特经常下马，解开马鞍的带子，把马鞍拿起来让它的背透透气、散散热，但没过多久，它又会觉得背部酷热难耐，它还不习惯长时间戴着马鞍。

斯摩奇到达营地的畜栏后，马鞍被拿了下来，它这才舒了一口气。克林特把它牵到溪水边，用清凉的溪水冲刷它背上已结成盐霜的汗水。等冲洗完，斯摩奇已经忘记了第一次圈牛的不快经历。等到克林特把它送回畜栏时，它已经浑身轻松了下来。过了一会儿，牛仔们又来套新的马匹，绳索又开始嗖嗖飞过头顶，这时的斯摩奇不再像以前那样四处躲避了，因为它觉得自己的任务已经完成。这一次，佩科斯在离它几英尺远的地方被套住了。随后，畜栏里的马被放了出来，斯摩奇落在了马群后面。它看见克林特正在给另一匹马上马鞍，于是它停住脚步，注视着他们，也许心里觉得有点好奇。这时，牧马人来了，斯摩奇只得跟上马群。

身边到处都是丰茂的青草，但是斯摩奇这一次却静静地站着没动。它生命中第一次尝到了工作的滋味，它感觉自己不再是一匹只接受过初步驯化的野马了。它甚至开始用老手那种知悉一切的眼光来看待牛这种生物，它开始骄傲自满起来，觉得自己完全有能力掌控牛群。

它从来没想过，要掌控这种分蹄的草原动物需要学习多少知识和技能——它还无从得知这一点，只是在吃草的时候觉得自己已经对它们了如指掌了。它觉得自己和同在备用马群中的那些身上有马鞍痕的老牧牛马一样厉害，它可不想和混在马群中的那些粗鄙的野马有任何瓜葛。但是，它对自己的这种过高评价很快就打住了，因为老马们不想和它交往，总是赶它走。它没有注意到，老马们仍然把它当成一匹没有接受驯化的粗鄙的野马。

不过，这匹小马还是有值得称赞的地方。虽然它还有很多东西要学，但它确实在全心全意地学习，而且它天生对牧牛这项工作有强烈的自豪感，再加上克林特这样的牛仔对它耐心教导，所有这些因素加在一起，它最终一定能成为一匹优秀的牧牛马。

斯摩奇观察着每一群被围赶回来的牛，跟着马车队前进，甚至已经习惯了绳索每天在它头上呼啸。当然，每次它被关在畜栏里时，克林特总是在一旁，帮助它更好地适应畜栏内的骚动。到了后来，这匹小马清楚地知道克林特会出现在畜栏的哪一边。克林特总是把马鞍放在畜栏外几英尺远的地上，每次他套到马，都会牵着或拽着马去那个地方。因此，斯摩奇每次被关进畜栏时，就会冲向靠近那个地方的畜栏边，伸长脖子用嘴拉扯克林特的衬衫，想要引起他的注意。

队伍里的每名骑手平均配备十匹马，每天起码要换三次马，每匹马每隔三天要骑出去四到六个小时。斯摩奇也是这么轮班的。克林特骑着它圈了三次牛，它就很好地掌握了圈牛的技巧，之后，它一下子就晋升成了日间牧牛马。当然，斯摩奇享受了一点特权，否则不会这么快就得以晋升，但它咬着嚼子干活的模样确实没让克林特失望。

晋升的起因是，有一天，牛仔们圈回了一大群牛，克林特生出了骑着斯摩奇去牧牛的想法，于是他把圈牛时骑着的那匹疲惫不堪的马换成了斯摩奇。在小马一阵弓背跳跃后，克林特骑着它跑了出去，停在了靠近牛群的地方。克林特和斯摩奇的任务就是确保不让任何一头被圈住的牛逃跑。其他十几名骑手也在执行同样的任务，他们大多数都骑着驯化良好的牧牛马。当斯摩奇注意到自己的同伴是什么类型的马时，它的大脑一阵激动，眼里闪现出惊喜的光芒。

就在它觉得飘飘然，四脚几乎无法站稳的时候，一头精瘦的大公牛突然冲了出来，怒目圆睁，如离弦之箭一般，从骑手身边冲了过去，向着开阔地奔去。晕乎乎的斯摩奇只看到一个影子一闪而过，但是，由于当时地上也没有绳子拴着它，所以当它感觉到缰绳一动时，它就奔了出去。很快，斯摩奇看清刚才一闪而过的是一头牛。它马上意识到那头牛需要阻拦，于是有如饿虎扑食一样冲了过去，瞬间就赶上了那头牛。

那头牛很快就被赶回了牛群，克林特脸上露出了非常满意的笑容。至于斯摩奇，它身上根本没有任何疲惫的迹象。克林特骑着它又回到了牛群边站定。那天，克林特所负责的区域没有一头牛逃走，因为牛一跑出来，斯摩奇就立刻追了上去。

从那天起，斯摩奇的工作就是日间牧牛和看管筛检场的牛群。它最喜欢前一项工作，因为要做的事情更多，但看管牛群也不错。克林特发现自己的绳索经常能派上用场。趁着工头和其他骑手去圈牛，他就去找一些靠近绳索的小牛，将绳索朝它们身上抛去，斯摩奇很喜欢去追赶它们。

除了来自其他牧场的"代表①"，所有的牛仔每隔三天都有半天的日间牧牛时间，而斯摩奇就是在这个时间段工作的。但克林特并不总是在这一天骑它出去，他会经常换班，让小马有更多机会从事围捕工作，或从事将牛犊赶去烙印的火堆旁这样的工作。小马开始在这些工作上崭露头角。

克林特偶尔也会有点私心，想让斯摩奇陪他一起放牧半天，通过日间牧牛时的相处，双方之间的理解逐渐加深。牧牛的时候，他们不会那么忙碌，有时候，公牛、母牛和断奶的小牛都只想吃草，不想离群逃跑。这种时候，克林特就会和斯摩奇来到一个小丘上，从这里能看到整个牛群。克林特会把马鞍拿下来，在斯摩奇的

---

① "代表"指的是来自其他牧场的骑手。19世纪美国中西部的草原大部分是公共的，没有划归私人所有，因此不同牧场的牛经常会混杂在一起，放到同一片草原上吃草。每年春天或秋天赶牛季，牧场间会互派牛仔作为代表，在围赶牛群时维护各自牧场的利益，避免自家的牛被别家侵占。——译者

阴影里伸个懒腰，放松一下，而斯摩奇则站在旁边，一只眼睛看着克林特，另一只眼睛看着牛群，还不时摆动着尾巴，驱赶在身边盘旋的苍蝇。

第九章

权利之战

　　天高气爽、阳光灿烂的秋季快要结束了，天空淅沥沥地下起雨来。随着初冬临近，雨越来越冷，然后变成了雨夹雪。尘土变成了泥泞，作套索用的结实的绳索硬得像钢绳，被雨打湿的马鞍和鞍褥又重又冷，冷得瑟瑟发抖的马匹一碰到它们，就弓起背，四蹄跳跃起来。

　　穿着长长的黄色雨衣的牛仔们开始计算起能得到多少工钱。随着秋季赶牛工作进入尾声，他们蹚着泥泞从炊事车走到临时畜栏的时候，很多人都没有了工作的心思。除了忍受湿漉漉的袜子、潮湿的被褥，他们还要在轮值守夜时在寒风中哆嗦两个小时，白天还要给脾气暴躁的马匹上鞍。在马都站不稳的时候，他们还要骑到马上去，让人不禁担心马在打滑的泥泞中嘶叫、弓背跳跃时，是不是还能四脚着地。这一切令他们只想找个暖和的地方猫着，生起火炉，靠在床铺上，翻一翻手边的杂志，无须担心大自然母亲如何摧残外面的世界。

最后一批肉牛已经移交给"摇摆的R"牧场的另一个马车队，被运走了。自那以后，杰夫的牛群里只剩带着断了奶的牛犊的母牛和为它们过冬准备的草料。

一天，杰夫说："再过两个星期，我们就能看到牧场总部的大门了。"但是，等他们把牲畜照料妥当，进行最后一次扎营时，已经是三个星期以后了。这时，雨夹雪已经变成了纷飞的雪花，地面上的积雪已有六英寸厚。

"等等，斯摩奇，让我上去，好吗？"

说话的是克林特，他正试图按下斯摩奇的头，让自己的脚踏进马镫。他浑身裹得严严实实，手脚不怎么灵活。小马觉得很冷，上鞍前背上还积了雪，它很想低下头，弓背乱蹦乱跳一番，让身体暖和暖和。

克林特还没在马鞍上坐稳，小马就开始蹦跳起来，但他并不介意。他体内的血液也快要凝固了，任何能加速血液循环的行为他都欢迎。

斯摩奇在原地绕着圈跳跃，极力扭动身体，做出各种动作，克林特骑在马背上一边挥手，一边哈哈大笑。突然间，他瞥见其他骑手和马匹已经踏上了雪地，朝前奔去。

今天是秋季围捕的最后一天，所有的工作都干完了。厨师爬上自己的座位，抓住牛仔们递给他的缰绳，发出一声欢呼，吓得拉车的马儿奔腾起来，朝着牧场总部驰去。

终于看到了牧场总部的大门，所有人都松了一口气，特别是在这天公不作美的时候。马车队伍进了大门后，老牧牛马的耳朵便竖向大畜栏的方向。它们清楚一年中的这个时候看见畜栏意味着什么。当牧马人把它们赶进去时，没有一匹马试图逃脱。当晚，它们便被赶到了一片大草场。第二天，有几个骑手过来把它们聚拢起来，赶着它们从另一道门出了牧场。

克林特自告奋勇地成为其中的一名骑手，他想在斯摩奇去冬季草场之前再看它一眼，也确定一下那片草场的状况。当天中午，他们到达了那片草场的外围。克林特骑着马跟在马群后面，看了草场的状况，很是满意。他注意到这里的草长得很高，六英寸厚的积雪也无法将其完全掩盖；这里有河谷，河滩上生长着茂密的柳树，可以作为马群躲避寒风的庇护之所。

克林特停下马，任由两百多匹马自行散去。他的目光再一次扫过那些熟悉的背影，想再次看到它们得等到春季围捕的时候。他看着它们吃着草，渐行渐远。这一群马中，有许多都是由他驯化和命名的，从这些马中最粗暴、最顽劣、最不服管的野马，到工头骑的那一组里最好的牧牛马，克林特没有一匹不认识，对它们惯使的花招诡计和优缺点了如指掌。

一匹脖子有些歪的老栗色马吸引了他的视线，那匹马叫"大猎犬"。克林特想起，那匹马一开始宁可自杀也不愿有人骑到它背上，后来转变成了想要杀死骑在它背上的牛仔。接着，他的脸上露出了笑容，因为他看到了一匹长着高鼻梁的高大的马，那匹马从来不跳，直到有一次牛仔在它的屁股上抽了一下。从那以后，它就喜欢上了弓背跳跃，因此成名，声名传遍了周围地区。

克林特每看到一匹马，都会想起和那匹马有关的故事，他的表情也随着视线落在不同的马上而变化。一匹毛发蓬松的大黑马朝他这边看来，打了个响鼻，克林特看到它就想起，那匹马曾有一次把正在给它卸鞍的牛仔踢成了重伤。

想到这里，他的表情变得严肃起来，但这种严肃的表情并未持续多久。斯摩奇从其他马匹后面走了出来，距离骑着马的克林特不到五十英尺。它的出现就像一缕阳光，瞬间就驱散了克林特记忆中的乌云。

看到斯摩奇，克林特脸上露出了笑容，他下了马，朝着它走了过去。但他用不着走多远，因为斯摩奇一发现他，就撇下了它的弟弟佩科斯，嘶叫着迎了上来。

"别人看到你这样的举动，一定会认为你是过来讨糖吃的。"克林特看着迎上来的小马说。小马跑到他跟前，停下了脚步，他用手摸了摸小马的额头。

"不管怎么说，斯摩奇，我很高兴看到你能在一片这么好的冬季草场上驰骋。这里有足够的牧草和理想的遮蔽风雪之所，按理说，你一点膘都不会掉。"克林特摸了摸小马的肋骨，笑着继续说，"不过你要是变得比现在还胖，那你就彻底废了。"

克林特转身朝着他骑的马走去，斯摩奇跟在他身后。"我不清楚，"克林特说，"你是不是已经知道，明年春天来临之前，你都不会再见到我了。但别难过，老伙计，春天来临时，我一定会是你第一个见到的牛仔。"

克林特正要上马离开，又停顿了一下，再次摸了摸斯摩奇。

"好了，再见了，斯摩奇，照顾好自己，保重。"

斯摩奇目送着他骑马离去，当牛仔越过山脊消失时，它嘶叫了一声。之后，它朝着那个方向望了很久很久，直到确定克林特已经走远，才转身去吃草，回到佩科斯身边。

冬天来了，草场上如往年一样，下起了大雪，刮起了寒风，气温降到了零度以下。郊狼们饥肠辘辘，忍不住大声嚎叫，因为它们找不到体弱的牲畜食用，只能偶尔捕捉一些小动物来填肚子，食物非常匮乏。马群和牛群的状态都很好，畜牧工人每天骑着马辛苦巡视后，倒头就睡，因为他知道自己可以安心入眠，不需要费心去琢磨怎么帮助牲畜熬过冬天。

为了应对严寒天气的考验，斯摩奇身上长出了一层厚厚的脂肪和长长的毛发。它瘦了一点，但它的体重就是再多掉很多磅，也不会有问题。草料很充足，用蹄子刨雪把草露出来不需要费太多力气，那一点点体力消耗，就像是它在做运动一样，反而有效促进了血液循环。

冬天慢慢过去，马儿们从一个山脊迁到另一个山脊，从一个可以躲避风雪的庇身之所迁到另一个庇身之所，在这片土地上平静地生活着。斯摩奇的生活也很平静，不过，有一匹毛发蓬松的大黑马为了和佩科斯做朋友，试图找斯摩奇的麻烦，就是那匹把一个牛仔踢成重伤的大黑马。从某种程度上来说，斯摩奇和佩科斯对大黑马介入它们之间持欢迎态度，因为它们的精力过于旺盛，正渴望找个好的借口宣泄一下。

事情的起因是，大黑马喜欢和佩科斯在一起，却不喜欢斯摩奇。大黑马试图把斯摩奇从佩科斯身边赶走，对此，佩科斯一开始持中立态度，没有干预，因为它不知道大黑马要做什么。斯摩奇虽然觉得大黑马的驱赶不值一提，但它为了守住自己的地盘，也付出了相当大的代价。事情就这样持续了一天左右，大黑马时不时就向斯摩奇扑去，好像要把它撕成碎片——大黑马的想法是美好的，但斯摩奇也不是好欺负的，它坚守着自己的地盘，寸步不让。

不过大黑马的年龄比斯摩奇大一倍，更擅长打架，体重也比斯摩奇重一百磅。所有这一切都表明，斯摩奇处于劣势，这样下去，它也许最终不得不让出地盘。但是，随着打斗的频繁发生，佩科斯开始注意并意识到，那只大黑马侵占了太多地盘，而且自己一点都不喜欢它。

就这样，当大黑马耳朵向后拉，再次向斯摩奇发起猛烈攻击时，有什么东西从侧面撞了过来，把它的身体掀翻，它的攻击计划也就此夭折。大黑马四脚离地，身体翻滚着飞过斯摩奇的头顶，一头栽到了斯摩奇的另一边。当它从雪地里爬起来时，精神还有些恍惚，不知道发生了什么。它晃了晃脑袋，终于看清有两匹凶神恶煞的马在等着它，于是它的精神更加恍惚了。它又晃了晃脑袋，看见斯摩奇和佩科斯正低着头朝它冲过来，大黑马立刻掉头就跑，寻找其他同伴去了，寻找那些更欣赏它的同伴。

不过，不知是因为太暴躁固执，还是脑袋太笨，大黑马第二天又想介入斯摩奇和佩科斯之间。也许它只是不服气。反正，佩科斯先注意到了它，在它还没来得及接近斯摩奇之前就注意到了。战争就此打响，但佩科斯不是大黑马的对手，尽管它没有轻易放弃，但形势对它非常不利。两匹马的打斗扬起漫天飞雪，离它们有一段距离的斯摩奇注意到了这边的骚动。它看到它的伙伴跪到了地上，大黑马正在撕咬它，瞬间，站着的斯摩奇仿佛变成了一个重达千磅的炸弹，朝大黑马砸去。一时间，大黑马的黑毛漫天飞舞，四处飘散。大黑马设法恢复了一些理智，认清了当前的形势，它意识到要立刻撤退，而且速度要快。于是它挣脱了马蹄的踢打和利齿的撕咬，像一阵疾风一样，逃离了战斗现场。

第二天，人们看到大黑马和歪脖子栗色马"大猎犬"、高鼻梁马以及其他几匹暴躁顽劣的马在一起。看来，还是那样的同伴更加适合它。

白天越来越长，天气越来越暖和，积雪逐渐融化，很快，光秃秃的地面就裸露出来。斯摩奇和佩科斯的皮肤开始发痒，两匹马经常互相帮忙挠痒痒，从脖子开始到肩部，再沿着背脊到臀。大把大把的冬季长毛随着它们的抓挠滑落到地上，它们在地上打滚时，更多的长毛随之脱落，最后它们身上露出一块块光滑如缎的短毛。

随着绿油油的嫩草开始大量生长，小马身上的长毛也彻底脱落干净。积雪迅速融化，溪水水量大增。春天来了，阳光明媚、春风和煦。

赶牛马车队的厨师又在擦洗排在一队马车后面的炊事车。牛仔们陆陆续续从远近各地赶来，急切地盼望着开始春天的工作。有些牛仔来自"摇摆的R"牧场的其他牧牛营地，有些牛仔去年秋天干完活离开后就没有再现身，但是，有别的牛仔骑着马来了，和杰夫说了几句话后，就接替了那些没有现身的牛仔的位置。

克林特在牧场的一个营地度过了冬天，并定期领取了工资。当牧场上的积雪开始融化，不再需要照看体弱的牲畜时，他就把自己的被褥放在一匹马上，骑着另一匹马，向着牧场总部出发了。他是第一批到达这里的骑手，马车队出发去围赶马群时，他是第一个给自己的马上好马鞍、爬上马，出发去牧马草场赶马的骑手。

斯摩奇一直在山丘向阳的一面吃草，突然，它没来由地抬起了头，四处张望着。当它向山丘另一边望去时，发现一个骑手正朝着它的方向驶来，此刻，那个骑手还没有发现它。

斯摩奇打了个响鼻，从山丘飞奔而下，跑向佩科斯和其他几匹马吃草的地方。看到它慌慌张张的模样，佩科斯它们立刻明白过来，它们需要马上逃跑。于是，斯摩奇一跑到它们身边，它们就全速奔跑起来。当骑手爬上山丘时，几分钟前还在山丘上的马儿们已经跑到约一英里之外了。

但是马儿们逃跑的意愿并不是那么强烈，只是斯摩奇突然看到骑手而受到了惊吓，所以它和其他马就跑了起来。牛仔绕了一个很大的圈，最终赶上了它们，把它们逼得掉转了方向，成功赶着它们朝牧场总部的大畜栏跑去。

当阳光照在马群最前面的那匹鼠灰色马光滑的脊背

上时，牛仔的脸上露出了灿烂的笑容。虽然他和那匹马之间有半英里的距离，但牛仔很清楚那就是他的马，因为阳光照在其他马的皮毛上，不会像照在斯摩奇身上一样反射出那样美丽的光芒。此外，也只有斯摩奇奔跑起来的动作才会那么优美和流畅。

"我告诉过你，春天来临的时候，你看见的第一个人会是我。"那个牛仔一边说，一边放慢了点速度。

自斯摩奇被发现时开始算起，它已经跑了二十五英里，这样的奔跑速度说明它是善于奔跑的好马。马群到达了牧场总部的木头畜栏处，骑手紧紧跟在马群后面，把它们径直赶进了畜栏，随即，关上了畜栏门。

克林特看着在畜栏里跑来跑去的斯摩奇，对着它说："我猜你已经不认识我了。"然后他又自言自语道："也许它不知道是我在看着它。"

克林特说得没错，漫长的冬季里，它自由自在地生活着，没有见过一个人，这让它又找回了与生俱来的野性。第一眼看到克林特时，它把他当成了普通的人类，这让它很害怕，直到冷静下来后，它才意识到这个人是谁。

克林特说话的时候，斯摩奇面露惊慌，打着响鼻，四处躲藏，但克林特还是继续说着。它一边跑来跑去，一边听着他说话的声音，渐渐地，有什么东西浮现在了它的脑海里，那东西似乎很遥远，在记忆中已经模糊。它停下来看了面前的牛仔几次，每次跑开的动作越来越轻柔。听着耳边的这个声音，小马脑海里的东西越来越清晰。

斯摩奇又一次停了下来，低着头，耳朵直直朝前竖起，双眼闪闪发亮，面对着牛仔。牛仔站在那里一动不动，不断和它说话。

"你这该死的小家伙，"克林特说，"难道我们又得重新认识一遍？过来，让我摸摸你的小脑瓜，也许我能让它重新正常运转起来。"

斯摩奇没有过来，但它也没有再跑开，而是站在原地听他说话。克林特一边继续说，一边看着它，直到它不再有惊慌的表情，才慢悠悠地朝它走过去。牛仔一步一步靠近，但某些久远的东西似乎让斯摩奇抑制住了跑开的冲动。它的本能是立即逃跑，但记忆中的东西却占了上风，让它站在原地没动。

克林特往前走了几步，然后停下来说话，再慢慢往前走，在离斯摩奇只有几英尺远的地方停了下来。这个时候，如果他的行为有一点不对劲的地方，那整个局面会被立刻破坏，小马会匆忙逃走，但克林特太了解马了，尤其是斯摩奇，他不会让自己出任何错误。他知道那匹小马的小脑瓜里想的是什么，所以，他知道自己该如何做。

终于，克林特走到了伸手即可触摸到斯摩奇的地方。他慢腾腾地举起一只手，伸到离小马的鼻子只有几英寸的地方。斯摩奇看着那只手，打了个响鼻，但很快它就伸长脖子，小心翼翼地嗅了嗅那只手，然后又打了个响鼻，倏地把头缩了回去。但没过多久，它又嗅了一下，接着又嗅了好几下。每嗅一下，鼻息声就小一点，直到最后，斯摩奇甚至允许那只手触碰它的鼻孔。手指在那里轻轻地摸了一会儿，然后沿着斯摩奇的鼻子，一直摸到它的额头，很快又摸到它两耳之间的那处隆起。五分钟后，斯摩奇就跟着笑得合不拢嘴的牛仔在畜栏里转起圈来。

　　春季围捕的几辆马车都已清洗干净，装满了物品，准备出发，而备用马也都清点完毕，每一个骑手手下的马匹也都确定了下来。杰夫再次看了一眼整支队伍，挥了挥手，领路员勒了一下马缰绳，身下的马尥了一下蹶子，出发了。队伍跟在领路员的身后，穿过了牧场总部的大门，依次是马车、骑手、备用马群。春季围捕工作开始了。

　　这一年，斯摩奇学到了很多东西，打破了学习记录。秋季围捕工作结束后，在把它赶到冬季草场前，最后一次把马鞍从它身上卸下来时，它的两侧肩部各露出两个小白点，大约有一美元硬币那么大——那是鞍痕，就像是表彰它辛勤工作的奖章。同时，它的眼睛里闪烁出知悉一切的光芒，这匹小马如今对牛的了解，几乎不亚于去年在备用马群里的老牧牛马。

只有一件事会影响这匹小马的良好记录，那就是它的弓背跳跃。它每天早上都要跳跃一阵子，有时甚至跳得非常厉害——这完全取决于天气有多冷。但克林特似乎一点都不介意，他努力让小马保持这种想跳就跳的天性，人们经常听到他说："一匹马要是连跳跃的天性都没有了，那它就没有价值了。"

但是，克林特任由斯摩奇保留弓背跳跃的天性还有另一个理由。老汤姆·贾维斯是"摇摆的 R"牧场的主管，也是合伙人。这年夏天，他在马车队里待了几天，想看看他的牛仔们是如何给他干活的。他自己也曾是个牛仔，他的加入让赶牛工作都变得更加有趣，同时也对牛仔们的工作提出了批评建议。有一天，他来到了筛检场，斯摩奇那天也刚好在。

克林特觉察到，从老汤姆骑着马来到牛群边上的那一刻起，他的眼睛就一直盯着斯摩奇看。当他注意到老汤姆的眼里只有斯摩奇时，一种不安的感觉爬上了他的脊背。克林特知道老汤姆对好马很是痴迷，他听说过很多次，这个老牛仔因侵占某匹无法买到的好马，差点锒铛入狱。当然，那都是过去的事了，但老汤姆内心对好马的痴迷程度还是不减当年，而斯摩奇作为牧场的马，其实也是属于他的。

克林特开始骑着斯摩奇围赶牛群，此项工作可以让牧牛马有机会展现它们身上所有的优点。当然，斯摩奇没有藏私，毫无保留地将优点展现了出来。老汤姆看着这匹鼠灰色的马有如此良好的表现，眼珠子都快瞪出来了。终于，克林特注意到了老汤姆脸上的表情，克林特觉得自己最好还是离开牛群，在老牛仔提出和他换马之前，赶紧把斯摩奇藏起来。克林特担心他的小马已经表露出了太多的优点，于是他离开牛群，绕了一个圈，站在离老汤姆远远的地方。

但老汤姆是牧场的老板，他可以随心所欲地出现在牧场的任何地方。一头公牛冲了出来，老汤姆追了上去，追着它绕着牛群转了一圈，把公牛赶回了牛群，最后勒马停了下来。这时，他和他看中的小马已经离得很近了。

克林特很害怕，低声咒骂了几句。每当有牛跑出来需要拦截时，他都会压制住斯摩奇，不让它完全发挥，甚至故意让几头牛跑掉，但他又不能做得太过明显。况且，斯摩奇在这项工作上有自己的主意。

这一天接下来的时间里，克林特一直在担心，晚上还失眠了，总想着该怎么躲开老汤姆才好。他知道老汤姆一定会来找他换走斯摩奇的，而那是克林特最不愿意做的事情。无论是在马车队里，还是在其他任何地方，没有一匹马能让他愿意拿斯摩奇去交换。

一般在真正的牧牛队伍里，人们有一种共识：每当一个牛仔手里的马被要求交换或出借时，那就意味着那个牛仔要主动辞职或是被解雇。换句话说，这是一种侮辱，会让任何一个真正的牛仔想要打架，然后讨要工资走人。

　　克林特是一名优秀的牛仔，对一支队伍很重要，但对老汤姆来说，多一个牛仔少一个牛仔无所谓，尤其那个牛仔还阻碍自己得到想要的好马。第二天，他走到克林特面前，直接说道："我要试试你昨天骑的那匹鼠灰色的马。"

　　大概是他觉得克林特听了肯定会很高兴，接着说："我要是喜欢它，我就用我的棕色马奇科和你交换，奇科可是牧场里最好的马。"

　　但克林特听了他的话，没有表现出高兴，反而气得满脸通红，说话时双眼都冒着怒火。

　　"哼！你骑不了斯摩奇。"

　　"为什么我骑不了？"老汤姆问道。他也动了气。

　　"因为你就是骑不了，"克林特回答，"你连马鞍都套不上去。"

　　克林特本想就地辞职，去别的地方闯荡，但一想到要离开斯摩奇，他就觉得无法接受，于是他盘算起另一个办法来——如果他能让老汤姆生气，激怒老汤姆去骑斯摩奇，那么剩下的交给斯摩奇可能就解决了。

老汤姆气得七窍生烟，说道："我倒要让你看看，我到底能不能给这匹马套上马鞍。你还没出生的时候，我就已经驯化过许多野马了，你连把那些野马赶进畜栏里都做不到。"

"确实，"克林特冷笑着说，"可那是很久以前的事了，你现在年纪太大了，骑不了那样的马了。"

老汤姆瞪了克林特一眼，但也拿他没有办法，决定还是用事实说话，于是开始忙活起来。他走到马鞍前，把绳索从马鞍上拽下来，甩出一个绳环，绳环嗖嗖嗖飞往畜栏的另一边。

当那个可恶的绳环把斯摩奇的头套住，并突然收紧的时候，斯摩奇被吓得一惊。它嘶叫着，拖着老汤姆在马群里弓背跳跃。老牛仔差点被拖倒，两个笑嘻嘻的牛仔就上前去帮他。

克林特站在外面看着这一幕，一支又一支地卷着烟，但卷完又把烟撕碎，一支也没有点燃。他看到斯摩奇被勒得停了下来，看到斯摩奇面对着那几个陌生人时眼睛里露出了恐惧，他心里燃起了无法压抑的怒火。但克林特也注意到了，斯摩奇眼睛里还有其他东西，他渐渐认出那是斗志——斗志多于恐惧。牛仔看到这里，心里又燃起了希望。

当老汤姆打量斯摩奇时，克林特喊道："从什么时候开始，牛仔连套马和上马鞍也要别人帮忙了？接下来，你是不是还要叫我们中的一个帮你上马呀？"

这一喊起到了恰到好处的作用，老汤姆猛拉了一下拽着斯摩奇的绳索。老牛仔知道这不是对待马的正确方式，通常他对马是很客气的，但他这会儿气疯了，又不能一枪打死那个牛仔，于是就把气撒在了这匹马身上。

这时，斯摩奇很快就明白了眼前的情况，表现得就像是一匹从未见过人或马鞍的野马。当它终于被拉到马鞍旁时，它全身表现出的抗拒神态，看了的人都知道，靠近它是不安全的。老汤姆确实在很多年前驯过许多匹凶狠的烈马，但他也知道如今自己无法再驾驭那样的马

牧牛马斯摩奇

了，可是这一次不同，他一定要竭尽全力驯服这匹马。

帮助他的两名骑手被他挥手赶走了，他要让克林特和其他年轻人看看，他还能骑烈马。然后，他甩出一个绳环，套住了斯摩奇两条极具威胁的前腿。斯摩奇明白与绳子对抗没有用，于是站在原地没动，它知道自己很快就会有其他机会。老汤姆先用生皮绑带系住了它的两条前腿，再把笼头套在它的头上，接着取来马鞍放到它的背上，系好了肚带。

"你爬上去之前最好先祷告一下。"克林特还在刺激老汤姆，同时在心里希望他能及时收手，以免受伤。但老汤姆不可能停手，他提了提皮套裤的腰带，往下拉了拉帽子，仍然是一副气哼哼的模样，最后他松开斯摩奇前腿上的绳环，抓住缰绳爬上了马。

斯摩奇回头看了看骑在它背上的陌生人，感到脖子上的缰绳一紧，它知道一切就绪，到它发威的时候了。它低下头，跳了两下，不过才刚开始，就感觉到马鞍上已经空了，为了稳妥起见，它又跳了几下，然后才停了下来。

克林特走到斯摩奇身边，把手搭在它的脖子上，笑得合不拢嘴。

"干得好，老伙计。"他说，然后转身对着正爬起来的老汤姆说，"想再试一次吗？"

"你完全可以把命押上，赌我会再试一次。"老牛仔说。

"好吧。"克林特回答道，声音中多了几分怒气，"那你继续，你的脖子要是摔断了，这附近有很多野牛滚出来的坑，我们可以轻轻松松地把你埋掉。"

老汤姆走了过来，从克林特手中夺过缰绳，又开始上马，但这次他连马鞍都没坐稳，斯摩奇就低下头跳跃起来，老汤姆又一次摔到了地上。

就在老牛仔准备再试一次时，杰夫·尼克斯拦住了他，杰夫劝他不要再去骑那匹马了。

杰夫说："每次骑上那匹马，它都会弓背跳跃一番。"

老汤姆知道自己已经无计可施，但他心里憋着的那口怒气还在，他急于找到一个发泄口把怒气发泄出来，否则自己得被气死。这时，他看见克林特站在一旁，和斯摩奇站在一起。

"你被解雇了。"他指着克林特大喊，"我会另外找人来把那匹马身上喜欢乱蹦乱跳的毛病改掉，你越早离开越好。"

克林特只是冲他笑了一下，这让老汤姆更加恼火了。这时，杰夫说话了："汤姆，这支队伍中人员的雇用和解雇由我负责，只要我还在为你工作，那就只能由我来决定。"

老汤姆气得像一只张牙舞爪的疯猫。"好！"他吼道，"你也可以滚蛋。"

老牛仔尽情发作了一通。当他走开去牵另一匹骑乘马时，他感觉自己做得有点过分了；当他给马上鞍时，这种感觉更加强烈了；当他拉扯最后一根肚带时，他完全冷静了下来，意识到自己确实做得太过分了。

　　但老汤姆并不是一个愿意服软的人，无论如何，这个时候他拉不下脸。他骑上马，走近杰夫，对他说："你和克林特到牧场总部来，我会在那里等着你们。"然后他对另一个骑手说："在我派来新工头之前，由你来照看马车队。"

　　老汤姆走完五十英里的漫长路程，回到牧场时，他的怒气也散得差不多了。他打开进入牧场的大铁门时，心头的感觉完全不一样了——他想第二天一大早就骑上一匹快马，尽快赶回马车队，早点把今天的事情平息下来。

　　他卸下马鞍，把马放走，往牧场的大房子走去。走到房子跟前时，他吃了一惊，因为杰夫和克林特已经在那里等着他了。他走过去的时候，杰夫他们丝毫看不出他已经改变了决定。双方打过招呼后，老汤姆听到杰夫说："所有的人都让我捎话给你，既然你要给我结算工钱，那也一起给他们结算一下。我很抱歉。"杰夫接着说："我极力说服他们不要这样，但是没用，如果我走了，他们也都要辞职不干了。"

老牛仔一言不发地领着杰夫和克林特走进大房子。他走到客厅中央的一张大桌子前，然后转身看着他的两位骑手，微笑着说："没事的，杰夫，我很高兴听到你这么说。"

老汤姆依然和颜悦色，但语气严肃，他接着说："因为一个人不可能做得好工作，除非和他共事的是他喜欢并且信任的人。没错，我很高兴听到你这么说。但现在的问题是，你被解雇了，要走人了，是不是？"

"是的，"杰夫说，"结完工钱，我就走。"

"嗯，那我再次雇用你怎么样？我可不能让像你这样优秀的工头离开，杰夫。"

杰夫想了一会儿，然后看向克林特。老汤姆猜到了工头的心思，接着说："当然，由于我对雇用或是解雇你的骑手没有发言权，所以克林特根本没有被解雇，他可以继续为你工作。"

终于，三人握手言和。第二天早上，老汤姆送杰夫和克林特出发回马车队。

"不用担心你那匹该死的鼠灰色小马了，克林特，"在克林特和杰夫骑马离开时，老汤姆说，"我再也不想要它了。"

两个人来到牧场的大门前，杰夫下马打开大门时说："我觉得老汤姆不必为此事道歉。"

克林特对此没有异议。

第十章

不知所终

　　牧牛马们又一次回到了牧场总部的大畜栏。除了留下几匹过冬用的马，其他马都被赶到了冬季草场，放任它们自由生活。寒冷而漫长的四个月过去了。一天，赶牛马车队的厨师开始忙着清理装厨具的箱子，野云雀站在高高的围栏上歌唱，随处可见一块块因积雪融化而裸露出来的草地，这些无一不在昭示着春天已经来临。

　　这年春天，克林特又是第一个发现斯摩奇的人，他注意到小马身上包裹着厚厚的脂肪。有这样良好的身体状况，夏天的工作对它来说没有任何问题。它和克林特打完招呼后，像以前一样全身心地投入了工作。

　　斯摩奇回到去年秋天它劳作的地方，继续积累看管牛群的科学经验，以至于牛一看到鼠灰色马就会翻起白眼，不作反抗，斯摩奇都不用怎么驱赶，牛就乖乖听话了。

　　春天的工作就这样进行着，然后盛夏来临，再过些时日，秋季围捕又如火如荼地开始了。成千上万头牛被筛选，或被打上烙印，或被放归草原，或被宰杀。大群的肥牛被赶到装运点，装上汽车；牛犊们断完奶，和母牛一起被赶到营地附近。这些事情完成后，杰夫再次带领马车队向牧场总部驶去。工作结束后，牧牛马们被赶到冬季草场，继续领工资的骑手们给自己的冬季用马装上马鞍，分别赶赴牧场的各个营地。

　　冬去春又来，春天再次焕发绿色的生机，牛仔们也再次来到草原上。寒来暑往，四季更替，没有丝毫停歇。一年又一年，牛仔们按部就班，马车队驶过同样的土地，在同样的地点搭建起临时畜栏；老的骑手退休，新的骑手加入。牧牛马也是如此，老的牧牛马退休后，年轻的牧牛马取而代之。工作就这样继续着，一季又一季，一年又一年，一切似乎从未发生过变化。

这一年春天，马车队出发的时候，队伍里的老手只剩下牧牛工头杰夫、厨师、克林特和另外几名骑手。其他人渴望去新的地方看一看，把他们的被褥放上了别的马车队的马车。

自克林特骑着斯摩奇加入马车队的那天开始，整整五年过去了。在这五年时间里，克林特是唯一一个给斯摩奇上马鞍并骑着它工作的牛仔。在这些年里，除了老汤姆想把斯摩奇占为己有的时候，没有另一只手碰触过斯摩奇的身体。从那天起，克林特再也没有担心过有人会把斯摩奇从他身边抢走。队伍里没有一个牛仔不想要这匹马，如果克林特在春季开工时没有出现，那么很可能会出现争抢这匹马的局面。但每年春天，克林特总是第一个骑马来到牧场总部，因此别人没有争夺这匹马的机会。

在每年漫长的夏季里，斯摩奇时不时被克林特骑着干活，随着时间的推移，这匹小马对克林特的了解就像克林特对它的了解一样深。它知道克林特什么时候身体不舒服，在那样的时候，克林特骑到它背上时，它弓背跳跃的动作就会轻柔一些。它完全能读懂克林特手中的缰绳传达的意思，只要轻轻一拉，它就能明白克林特的意思是"去拦住它"，还是"放轻松""干得好"，或别的什么。他说话的语气也非常容易理解，它能从中听出很多东西，特别是当它做了什么不该做的事而被责怪的时候。那样的时候，它总是瞪大眼睛，低着头，低低地喷着鼻息。但当克林特说它是一匹好马时，它就完全不一样了，它就会像在寒冷的秋日里享受暖阳的照耀一样，闭着眼睛去感受克林特的声音带来的那份宁静美好。

斯摩奇之所以能成为这样优秀的牧牛马，与它能理解它的骑手有很大关系。它对骑手的喜爱之情，让它对骑手要做的事产生了浓厚的兴趣，并愿意用心学习。斯摩奇和克林特之间已经建立起了很深的默契，只要克林特的视线一扫，斯摩奇凭直觉就知道他想要拦住哪一头牛，根本不需要依赖缰绳的指令。东躲西藏的牛瞬间就被赶上，被赶去筛检区。

在使用绳索方面，斯摩奇也能和克林特保持高度默契，斯摩奇几乎什么都能做，只是不能自己扔出绳索去套牛。它会将一只耳朵向后拉，眼睛仔细盯着，看着绳环从克林特的手中飞出去，然后落在某头公牛的两只角上，这时小马会立刻转身，往相反的方向跑去，开始拉拽绳索。它知道如何牵制一头牛，只要绳索的另一端是斯摩奇，就算再大的牛也跑不掉。

斯摩奇在很多事件中展现出了自己在看管牛群方面的才能，其中有一件事一直被克林特和其他牛仔们津津乐道。那件事一般的马也能做，但其中的细节却更能说明斯摩奇的神奇之处。事情是这样的：

牛群里有一头很大的公牛，它的角长歪了，要是再长一点的话，可能会直接戳到它的眼睛。克林特和杰夫同时发现了那头牛，其中一个牛仔去马车上拿锯子，要把牛角锯掉，克林特和杰夫则拿着绳索去抓这头牛。

这头牛脾气暴躁，长得高大威猛，而且很聪明，当它看到两名骑手穿过牛群朝它走近时，它立刻冲出牛群，翘起尾巴，就要逃跑。就在这时，斯摩奇出现了。

斯摩奇迅速朝着公牛追去，很快就驮着克林特靠近了公牛。由于牛角是弯的，克林特不得不转而套向公牛的脖子，他又快又准地完成了任务。一切都按计划进行着，斯摩奇从那头公牛的旁边超了过去，克林特又把绳索套到那头公牛的后臀上。按理说，下一秒，那头公牛肯定会四脚朝天躺到地上，等着被擒。

就在那时，意外发生了，当绳索收紧时，公牛根本没有躺下，反而传来了什么东西撕裂的声音，接着克林特飞了起来，飞了有约三英尺高，在空中翻了一个跟头后，摔到了地上。马鞍在斯摩奇背上竖了起来，只有后肚带还系着。前肚带在搭扣处撕裂开了，就像它是纸糊的一样。

牛群内外的骑手都看到了这一幕，他们纷纷猜测，斯摩奇很快就会挣脱马鞍的束缚，因为在腹部受到刺激的情况下，几乎每匹马都会猛烈跳跃，扬起漫天尘土，而且斯摩奇似乎本就喜欢弓背跳跃，所以大家认为它绝对不会放过这个机会。

牛仔们已经咧开嘴笑了，他们也很想看一看有点刺激的场面，但他们脸上的笑容很快就变成了惊奇的表情，因为斯摩奇并没有试图摆脱马鞍的束缚，反而是动脑筋想要把马鞍稳在背上。可能它觉得自己是一匹工作中的牧牛马，没有时间犯傻，所以，当马鞍前面竖起时，它的身体也跟着立了起来，并在空中转了一个方向，当它的前脚再次触地时，马鞍刚好落在了原来的位置上。这时，它正好面对着那头公牛。

当这个故事被传开时，许多骑手都不相信，他们只是笑着摇头，说那匹马能有那样的表现纯粹是出于运气，但如果他们了解斯摩奇，如果他们亲眼看到它是如何让马鞍归位的，如何拦住那头公牛的，他们的看法肯定会有所不同。

那头公牛稳稳地站在那里，用它那一千多磅的体重与绳索对抗着，在绳索那头使劲用力。然后，斯摩奇又做了一件事，让牛仔们目瞪口呆，全都停下了手上的动作。当那头公牛又一次疯狂地向开阔地冲去时，斯摩奇没有站在原地等着公牛在绳索那端使劲拉，而是突然跑了起来，紧紧追在那头公牛后面。当牛和马的速度都变得很快时，斯摩奇突然停了下来，牢牢站定了身体。当公牛跑到绳索尽头时，那绳索仿佛被固定在了四英尺高的树桩上一样，它的头被猛地一拉，整个身体翻到了空中，然后就摔倒在了地上。

"那匹马只有一件事没做，"杰夫事后点评道，"在紧紧拉住绳索前没有抖动一下。"

斯摩奇一直紧紧拉住绳索，克林特赶过来把公牛绑住，把牛角锯掉。锯完后，克林特举起一只手说了几句话，斯摩奇这才松了绳索，让克林特把绳索从公牛的头上取了下来。

"摇摆的 R"牧场曾购买了一大批墨西哥长角公牛，然后将它们运到了北方。这些公牛在北方的草原上长得膘肥体壮，变得比以往任何时候都更难管束。在此次事件中，斯摩奇表现出它除了有看管牛群的能力，还有别的本事。那些长角的牛速度很快，一般的牧牛马无法在短距离内追上它们，但斯摩奇不一样，它的速度极快，克林特只需要甩动几下绳索，我们的牧牛小马就能赶上公牛，驮着牛仔进入绳索的使用范围内。

许多牛仔都说，观看斯摩奇工作，相当于观看十分精彩的表演。还有许多骑手故意让牛从身边溜走，目的就是看一看这匹小马是如何巧妙地截住牛的。每天晚餐过后，牛仔们放松下来，或休息，或聊天，或唱歌，这个时候，无论克林特给大家讲述斯摩奇有何种能力或有过何种表现，从来没有人质疑他所说的内容。随着牛仔们的来来往往，斯摩奇的事迹也开始在其他牧牛马车队里流传，北方的几个州都有人听说过它。如果一个牛仔在某个秋天南下，来到靠近墨西哥的边境，他要是听到这里有其他牛仔谈论起"摇摆的R"牧场的斯摩奇，他一定不会觉得惊讶。

有一次，附近一个牧场的老板派他的一个"代表"过来捎信说，他愿意花一百美元买下斯摩奇。那时，斯摩奇才被驯化两年。老汤姆听了后哈哈大笑，克林特得知后则很生气。第二年，那家牧场的老板又把价格提高到二百美元，老汤姆又是哈哈一笑，但克林特不知道这次是该生气还是该害怕。总之，日子像往常一样，平平静静又过了几年。后来，另一个州的一家大牧场，出价四百美元要买这匹鼠灰色牧牛马。

那时候，上好的骑乘马只要五十美元一匹，想买多少匹有多少匹。但优秀的牧牛马却从来没有固定的价格，因为通常情况下，除非哪个牧场要整体转卖，否则根本买不到。这一片地区，牧牛马的最高价从未超过两百美元，因此当有人出价四百美元要买斯摩奇这件事传开时，许多人认为出价的人一定是钱多得没地方花，不过这么想的人肯定从未见过斯摩奇干活的样子。

那年秋天，马车队回到牧场后，老汤姆走到克林特面前，给他看了那封出价四百美元的信。克林特已经听说了这件事，他只是呆呆地看着那封信，一个字也没有看进去，他在想老汤姆会怎么做。他呆呆地看着，等待噩耗降临，觉察到老牛仔的手搭在了他的肩膀上。

"克林特，我要告诉你的是，"老汤姆停顿了一下，也许是故意让克林特难受，但最后他还是接着说，"如果我的牛快饿死了，我需要钱买饲料来让它们活下去，我可能会牺牲斯摩奇来换取四百美元，但现在的情况远没到这一步，因此我不会卖掉这匹马的。"

克林特的脸上终于露出了笑容，他长舒了一口气，紧紧握住了老人的手。

"但我希望，"老汤姆继续说，"不久的将来，你会想去别的地方，离开我的牧场，这样我就可以把斯摩奇据为己有。我早就想解雇你了，只是想要解雇你，还得解雇杰夫，所以我宁愿等着，等到你们中哪个死小子主动辞职为止。"

老汤姆说话的时候，克林特一直满面笑容，之后他又握了握老人的手，才走开了。他知道老汤姆的最后一句话只是说说而已。

　　和往年一样，斯摩奇和其他备用马一起被赶到了冬季草场过冬。克林特像往常一样帮着把马群赶到那里，当他停下来让马儿们吃草并各自散开时，他注意到草原上的草比往年见到的要少很多。整个夏天都干旱少雨，草原上的草也长得很稀疏，但这一小片专供骑乘马过冬的草场上的草长得还可以，马儿们在这里过冬总比在马厩里吃谷物要强。

　　克林特想过要把斯摩奇带回去，把它当作冬季用马，但那样的话，春天开工时就得把它放出来吃草，他可不想在春季赶牛时没有他的"宝马"。

　　"不行，"他做出了决定，"今年冬天我就让你在这儿过冬吧，但我会过来查看你的情况，确保你不掉太多的膘。你这匹马太值钱了，我可不能冒任何失去你的风险。"他一边摸着它的耳朵，一边对它说："不过，你对牧场的价值还赶不上你对我的价值的一半，老伙计，尽管老汤姆不会考虑给你定价。"

克林特离开了斯摩奇，返回牧场，刚一看到牧场的建筑，暴风雪就从他身后袭来，让他不得不用戴着手套的手捂住耳朵。

"天哪，"他咬着颤抖的牙齿说道，"暴风雪来得这么凶猛。"

这个冬天的第一场暴风雪不仅仅是一场普通的带寒风的大雪，而且是一场席卷整个地区的强暴风雪，积雪覆盖了地上的草，还把一切都冻住了。暴风雪持续了两天两夜，之后天气放晴，但气温骤然下降。第二天，克林特忙着把牲畜赶到离牧场更近的地方，这样方便有人照看它们。几天后，另一场强暴风雪袭来，克林特又忙着把他找到的所有牲畜赶到牲口棚或干草垛旁。

克林特每天都在马鞍上奔波，有时要干到夜里才能回来。一个月过去了，草原上积了足有两英尺厚的雪，接下来可能还要下雪，"摇摆的 R"牧场所有还在领工资的牛仔都忙得不可开交。每次骑手把一群牛赶回来喂养时，牧场工人都会不自觉地翻白眼，因为他们认为自己已经是满负荷运转了，再这样下去，老汤姆就得雇更多的铲草工，买更多的干草了。

克林特有些担心斯摩奇，想找个机会去看一看它，但由于积雪太深，他的马走不动，所以一直没能成功。此外，途中总会遇到牛群，其中总有几头需要他赶回去。

尽管有这样那样的困难，克林特终于在一天傍晚到达了斯摩奇所在的那片草场。灰蒙蒙的天色越来越暗，夜幕开始降临，克林特登上了一座山脊，发现了一群马。马群中，有一匹毛发长而蓬乱的鼠灰色瘦马，克林特骑马走近一看，认出正是他的斯摩奇。这时，他几乎不敢相信自己的眼睛，极力忍住涌到喉咙处的哽咽。

他想就地抓住这匹马，把它带回牧场，他不知道斯摩奇是否还能跑那么远。斯摩奇正在刨雪里的草吃，它从雪洞里抬起头来，发现有骑手正朝它走近，它没有认出那个牛仔，没多看一眼，它就匆忙逃跑了。克林特很是惊讶，那匹马体内竟然还蕴藏着如此大的力量，行动速度那么快。

克林特看着它逃走，不禁笑了。这匹马的状况并没有他想象的那么糟糕。

"但我还是要把你带回去，你这个小家伙，因为如果坏天气总这么持续下去，天知道几个星期后你会变成什么样。"

他跟着斯摩奇和其他马的足迹追了上去，此时天已经黑了，但深雪中的足迹还很清晰。他一边催马前行一边想着，要如何才能叫住斯摩奇，让它站在原地不动，从而认出厚厚冬装下的他。他穿着冬装，尤其在晚上，看起来更像一只棕熊。话说回来，马儿在这个时候更容易受到惊吓，也更难靠近。克林特对自己能抓住它没有太大把握，他觉得自己很可能需要赶着整群马才能把它带回牧场。

他跟着它们的足迹往前走，试图看清前面马群的身影，在他左侧不远处的雪地里，突然传来一声微弱的叫声，听起来像是一头牛遇到了麻烦。克林特让马停了下来。叫声再次响起，他骑马向着声音传来的地方走去，发现了一头蜷缩着身体、冻得瑟瑟发抖的小牛犊，小牛犊的身体几乎被雪全部覆盖。克林特猜测它应该不超过两天大，他很惊讶，在这样恶劣的环境下这可怜的小家伙居然还能活着。

"你的妈妈呢，小家伙？"克林特一边说，一边下了马，来到小牛犊身边。

但话音未落，一个黑影出现了，它哞哞地叫着，朝着克林特冲过来，想用牛角把他顶倒。在逃跑的过程中，克林特注意到了还有其他牛的踪迹，他跟着走了一段，发现了另一头母牛和另一头小牛犊，只是这头小牛犊更大一点，可以自己走路了。

"这两头母牛一定是秋天赶牛时被漏掉了，"克林特想，"它们碰巧冬天都生了小牛犊。好吧，斯摩奇，"他看了一眼马儿们离去的方向，"我想这次只能先留下你了。"

第二天临近中午，克林特骑着马回到牧场，马鞍前面驮着一只小牛犊。克林特在给牛避风遮雪的大牲口棚边上找到了杰夫，对他说："我不得不把这个小家伙的妈妈留在了十英里外的地方。和它在一起的还有一头母牛和一只小牛犊。我想你最好在暴风雪来临之前，派人去把它们抓回来。至于我，则要去把整条牛后腿都吃掉，然后躺到被褥里睡一觉。"

克林特说到的那场暴风雪真的来了，似乎想要把草场上的所有生物都清除掉。雪越积越厚，就像克林特所说的："牧场周围的栅栏柱子只露出了一英寸，马上就要被雪淹没了。"

那场强暴风雪本来会导致草原上的大部分牛和马死亡，但随着暴风雪尾声的到来，大风骤起，雪被吹走，堆到了山谷里，因此，大风所到之处，积雪深度大大降低。当风雪终于停止肆虐时，很多地方的草上积雪只剩几英寸厚，而这些地方的草拯救了这个冬天草原上牲畜的性命。

　　暴风雪来临时，克林特非常担心斯摩奇，他一次又一次地试图去找它，但总是会遇到一些需要帮助的牛，让他最后不得不又折了回来。克林特一直在说"明日"，但"明日"复"明日"，焦躁不安的他一直没能靠近斯摩奇所在的草场。

　　克林特十分珍爱那匹鼠灰色的马，格外担忧它的安全。他经常胡思乱想，脑海中产生很多不好的画面。有很多次，克林特疲惫不堪地躺在床上，梦见斯摩奇被困在雪堆里，虚弱不堪，饥肠辘辘，周围还有虎视眈眈的狼群在逼近。

　　斯摩奇确实掉了不少脂肪，体力也有所下降，但它现在还说不上虚弱，也就是说，还没有虚弱到躺下就起不来的地步，也没有虚弱到不能走动和觅食的地步。上一次的强暴风雪确实又让它的体力下降了一些，但它仍然能够穿越山脊上厚厚的雪堆，走到更容易刨到草的那一面去。

　　要不是下了这么大的雪，斯摩奇和它的伙伴们根本不会遇到什么危险。它和佩科斯已经对这片地方了如指掌。当寒风凛冽或暴风雪呼啸而来时，它们知道在哪里可以找到藏身之所，同样，它们也知道山脊上哪些地方的积雪最薄。无论天气如何变化，它们都能找到适合自己的居所，无论接下来的天气是阳光明媚还是风雪交加，它们都能应对自如。

从斯摩奇在雪地里抬起头来，看到克林特向它靠近的那天开始，已经过去好几个星期了。有一天，又来了一个骑手。斯摩奇最先发现了那个骑手，它和其他马儿立刻转身跑走了，一直跑到了那个骑手看不见它们的地方。

跑了一英里左右，马群又开始刨雪吃起草来。夜幕降临，寒风凛冽，很快天空中就飘起了小雪花。夜越来越深，风越刮越大，雪也越下越大，那个骑手又出现了。这次在斯摩奇和其他马儿看清他之前，他直接跑进了马群中间。马儿们一看到离得这么近的他，就像一群鹌鹑一样，吓得四散奔逃，但它们很快又聚到了一起，在风雪中奔跑起来。

那个骑手紧随其后，在雪地里跑了很长一段路后，马儿们意识到它们甩不掉他。马儿们冲进厚厚的雪里，大步奔跑，然后穿过大约一英里宽的河滩，河滩上的积雪有两到三英尺深，马儿们体力消耗很大。它们终于放慢了脚步，开始小跑，而那个骑手也没有追赶它们。渐渐地，连小步慢跑都算是很快的速度了，它们真的太疲倦了。

一整夜，它们就这样一路前行。大风在后面推着它们前进，它们长长的毛发上覆盖了一层白雪，它们已经筋疲力尽。虽然在深雪中行走艰难，但与其在这样的暴风雪中原地不动，还不如就这样慢慢往前走。它们不停前行，也不再管身后那个骑手了。过了一会儿，天慢慢亮了起来，新的一天到来了。骑手找到一片茂密的柳树林，赶着马群进了柳林。他一边赶着马群，一边看向身后的足迹，大雪模糊了他的视线，他咧嘴笑了。

"这场暴风雪很快会掩盖我的足迹。"他一边说，一边在柳树间寻找躲避风雪之所。

他很快就找到了一处地方，这里风声虽大，但风吹不到身上。他下了马，马也早已精疲力竭，然后，他在雪地里来回踩出一小块地方，这样可以稍微走动，也不必陷到齐腰高的雪里。他把马拴到旁边，很快用枯柳枝生起了火。他把米和肉干放在一个小猪油桶里煮熟，然后直接就着桶吃了起来。吃完后，他捧了几捧雪放进桶里融化，用雪水煮了咖啡。随后，他卷起一支烟，吸了几口，蜷缩在火堆旁，不久就睡着了。

破旧的黑帽下是一张黝黑的面孔，这个人长得很像混血儿。他的马鞍廉价又破旧，马鞍上的鞍褥也破破烂烂，那匹马本该此时放出去觅食，他却把它拴了起来，这一切都表明他不是一个好人，既冷酷无情，又不懂自尊自爱。

他睡着了，他知道在这样的天气里，肯定不会有骑手循着他的踪迹追上来，因为所有的踪迹在他走过之后就被大雪抹去了。至于偷来的这群马，他也知道它们面对这样的暴风雪，不会想着要回去，它们更愿意待在这个能躲避风雪的地方，再尽力找点吃的。

算上斯摩奇，共有十七匹"摇摆的 R"牧场的骑乘马，此时正在距离这个骑手半英里左右的河谷中。它们紧紧围在密集的柳树下，躲避着风雪。它们啃食着黑麦草和其他一切能够得着、咬得动的东西。斯摩奇和佩科斯并肩在深雪中走着，时而走到马群前面，时而走到马群后面。马儿们用鼻子嗅，用蹄子刨，四处寻找着少得可怜的食物，但是这里之前有很多牛来过，能吃的都被牛群吃得差不多了。当夜色来临时，它们疲态不减，和早上到达时一样无精打采。

白天的雪势有所减弱，但随着夜晚来临，风却越来越大，地面上的雪被风吹起，雪上的踪迹自然也能被抹去，另一场夜行即将开始。

那个混血骑手醒了，看了看四周，满意地咧嘴笑了。他起身抖了抖身子，又生起了一堆火，煮了食物，吃完收拾好后，他就骑上了马，去寻找在河谷吃草的马群。马群不在他所认为的地方，他多跑了两三英里才找到它们。当夜色笼罩白雪皑皑的草原时，他跟在马群后面，赶着它们上路了。

行进了一个多小时后，走在前面的斯摩奇发现自己进到了一个畜栏里。这个畜栏是用柳树枝条围成的，隐蔽得很好。这个畜栏是那个混血骑手为了自己不可告人的目的专门搭建的，有迹象表明，这个畜栏以前曾使用过很多次。大门是用长长的柳树干充当的，他把马群赶进去后就关上了门，接着去取马鞍上的索套。

就在这个畜栏里，他给许多马和牛重新烙上了烙印。有的时候，这里只是作为他的换马之地，比如说现在，他就需要一匹新的马。他换马，倒不是为他一直骑着的那匹疲倦的马着想，他只是不想冒险，万一有人追上来，而他却骑着一匹精疲力竭的马怎么办呢？

他做好了绳环，目光在黑暗中搜寻着，想要看清该把套索套到哪匹马上。借助雪地的反光，他努力辨认着马儿们的身形。在抛绳环之前，他早就盯上了一匹马，就是他一直留意的那匹脸上有白斑的鼠灰色马。很快，在离他最远的地方，他瞥见了斯摩奇的头，认出了它额头上的白色条纹，接着他手中的套索飞了出去。

斯摩奇打了个响鼻，低下了头，套索擦过它的耳朵，继续往后飞，最后套在了另一匹马的头上。黑暗中，那个混血骑手看不清自己的套索到底套到了哪匹马，他以为自己抓住的就是斯摩奇。等到他收紧套索，把马拉到跟前，才知道自己抓住的不是他想要的那匹马，他顿时大骂起来。但是，他注意到自己抓住的这匹马也体格魁梧，看起来强壮有力，于是就此作罢，没有再花时间去抓斯摩奇。

"下次我会抓到你的，你记着。"他一边看向斯摩奇的方向，一边给刚抓到的马上鞍。

那个混血骑手打开柳树干大门，骑上那匹新马，放出马群，把它们赶往河谷。狂风吹走了那里的大部分积雪，除了几处积雪很深的低洼地，其他地方都很容易走。大多数时候他让马儿们小跑，有时在雪不太深的地方，他会赶着它们全速奔跑。

马群就这样一直行进着，终于，那个混血骑手看见马儿们实在过于疲惫和虚弱，无法再继续前进，于是就开始寻找藏匿马群的地方。那里得有草才行，这样在即将到来的白天，马群可以在那儿吃草。他知道山脊的另一边有一处合适的地方，于是他用马鞭抽打着疲惫的马群，赶着它们继续前行，直到到达那个地方。在那里，马儿们暂时得到了休息。

暴风雪逐渐减弱，只剩下大风还呼呼地刮着，大风吹散了地上的雪，抹平了行走的足迹，前行也更加容易。不过，那个混血骑手已经不需要借助暴风雪的掩护，因为在他看来，从这里到他要去的地方，一路都很空旷荒凉，他预计，在这个季节，路上不会碰到任何骑手。他曾多次赶着偷来的牲畜走过这条路线，因此他对人和牲畜每处落脚点之间的距离了如指掌。

一路上都有畜栏，有些是他建的，有些是像他这样的盗贼建的。有时，他会给刚偷来的马重新烙上烙印，但现在因为它们的毛很长，没人能看清马儿身上的烙印，所以等一段时间也来得及，等他走得更远些，能在白天赶路时再说。

他离开马群，开始为自己寻找栖身之所，对一切都非常满意。他脸上挂着笑，一脸满足的模样，一边用雪水煮着咖啡，一边盘算着那些马能为他带来多少收入。他很懂马，尽管那些马现在看起来状态很差，但他清楚，只要在青草地上待上一个月，它们就会大变样。

更何况这里面还有斯摩奇——那匹鼠灰色的马，他可听说有人出价四百美元要买它。他相信，只要让人知道它到底是一匹怎样优秀的牧牛马，南部那些牧场主至少会乐意出一半的价钱买下它。

往南几百英里，就是这个混血骑手的住所，那里地势较低，几乎不积雪。一旦到了那里，他就可以轻松下来，任由马儿们长肥。等到把原来的烙印弄花，没人能认得出它们原来的身份，他就可以把它们一匹匹高价卖掉，或者把它们卖给马贩子。在此期间，他没有什么可担心的，暴风雪已经把他的踪迹抹掉了，现在马群离原来过冬的草场已经有七十英里了，离"摇摆的 R"牧场更远，有将近一百英里。

第十一章

陌生的手

自从克林特那天骑马去找斯摩奇，却带回一头小牛犊以来，已经过去了漫长的一个月。此后的每一天，克林特都想再去找斯摩奇，但是，由于草原上厚厚的积雪和连续的暴风雪来袭，他不得不先去救助困在雪地里的那些牛，把它们带回牧场。他没有时间，也找不到借口去找斯摩奇。一天早上，他起床时总觉得有什么不好的事要发生。他努力把这种不好的感觉压下去，但这种感觉一天比一天强烈，最后，克林特终于忍不住了，骑上他最好的马，前往斯摩奇过冬的草场。

几天前，上一场暴风雪刚刚过去，牧马草场上留下了许多新鲜的足迹。克林特追踪了很久，找到了许多马群，但始终没有发现斯摩奇的踪影，就连他最后一次见到斯摩奇时，和斯摩奇在一起的那群马似乎也消失了。克林特觉得很奇怪，是不是有人把斯摩奇和那群马偷走了呢？但他很快又把这个想法抛到了脑后。他想，没有哪个偷马贼敢来偷烙印有"摇摆的 R"牧场标志的马，除非他是个傻瓜，或者是个手段高超的惯偷。不管怎么说，克林特虽然很担心，但没有找到斯摩奇的那群同伴，这令他的心宽慰了几分，因为如果斯摩奇的那群同伴还在，而它却不见了，那就证明它很可能是离开了或是死在了某处。克林特看到路过的马儿们看上去还很健壮，这就足以证明斯摩奇肯定也是一样。

"最可能的情况是，它和它所在的马群只是为了躲避上次的暴风雪迁移到了其他地方，回到了它们出生并长大的草场。"克林特在赶回牧场时这样想着，但他心头仍隐隐觉得事情不会那么简单。

两个星期后，克林特再次来到牧马草场，围着草场绕了一个更大的圈，但仍没有发现斯摩奇和它所在马群的踪影。那天晚上回到牧场后，他把这件事告诉了老汤姆，但老汤姆似乎并不担心，当克林特说怀疑是有人偷走了整群马时，他只是摆了摆手。

"别担心，"他说，"我们会在围赶马匹时找到斯摩奇和其他马匹的。"

终于，春天来了，厚厚的积雪开始融化，溪水开始上涨。过了一段时间，留在牲口棚里过冬的老牛被赶到了草原上。两三个星期后，骑手们便开始向牧马草场进发，去将所有备用马赶回来。克林特自己一个人骑马直奔斯摩奇长大的那片草场。他到达驯化斯摩奇时驻扎过的那个营地，从那里开始，他每天早上都骑着一匹新马，跑遍所有的马群，希望能看到那个鼠灰色的身影。

他搜寻了一个星期，看遍了那片草场上的每一匹马，包括离群的马，最后，他把斯摩奇还是马驹时跑过的地方都找遍了。就在返回牧场的路上，他虽然感到很失望，但心里仍怀着希望，希望其他骑手已经找到了斯摩奇。

当他到达牧场总部时，所有的备用马都回到了大畜栏里——除了那到处都找不到的十七匹马，斯摩奇是其中之一。

骑手们又骑马找了几天，老汤姆突然觉得克林特是对的，那群马肯定是被偷了。他开着他的大车向镇上驶去，汽车开得飞快，从长耳大野兔身边经过时，野兔就像后腿被绑住了一样，远远被甩到了后面。当他驶上主街时，车速达到了七十英里。他踩下刹车，因速度太快，车子越过了治安官办公室几乎半个街区才刹住，但他并没有掉头再开回来，而是直接下了车，一路狂奔回来。

老汤姆向治安官报告了马匹失窃案件，并请求治安官通知本州和周边其他州的治安官。老汤姆紧跟在治安官身边，督促着对方要以最快的速度完成这项工作。老汤姆悬赏一千美元捉拿盗贼，悬赏同样的金额给归还马匹的人，其中特别提到了一匹鼠灰色的骑乘马。

　　春天的赶牛工作结束了，夏天也过去了，随着秋天赶牛工作的完成，这一年的工作全部结束了。斯摩奇、与它一起的马群，以及那个偷马贼一直音讯全无，似乎他们全都从地球上蒸发了一般。如果老汤姆常挂在嘴边的对那个偷马贼的诅咒能够应验的话，那个家伙肯定已经身处炼狱之中了。

　　那年夏天和秋天，克林特继续为"摇摆的R"牧场赶牛，他骑马时总是留意着周围的情况，希望能遇到他的斯摩奇。他不愿去想那匹马是被偷了，他总是对自己说："它只是跑到什么地方去了。"每经过一处洼地、河谷或河滩，骑手们都会仔细搜寻一番，"摇摆的R"牧场的领地从来没有被这么仔细地搜寻过。每一个骑手，都瞪大眼睛寻找着那匹鼠灰色马，尽管牛是马车队的目标，但骑手们更多的注意力都放在了寻找斯摩奇上，牛反而成了次要的。

　　直到秋季赶牛工作接近尾声，克林特才开始对在这片地区找到斯摩奇完全死心。于是他开始渴望换一个地方，也许只是想换一个环境，换一个牧场工作，但这个想法背后的原因不仅于此。如果克林特停下来想一想，他就会知道，他不是想去看一看新的地方，而是心里存着一丝希望，希望有一天，他能在某个地方找到斯摩奇。

那匹小马牵动着克林特的心弦，它在他心里的重要性，连他自己都没有意识到，他无法摆脱对它的思念之情。在日间牧牛的时候，他常常会想起它，想起那匹马似乎能听懂他说的每一句话。在筛检场上，他总会拿胯下的马与斯摩奇作比较，然后他就会觉得无论这匹马有多出色，与那匹失踪的鼠灰色小马根本无法相提并论。

斯摩奇在克林特心中是独一无二的，斯摩奇身上的全部优点都比不上它作为一匹马本身来得重要，这才是真正达到克林特内心的东西。

最后一辆马车驶进了牧场总部，第二天，备用马群就被赶到了冬季草场。那年秋天，克林特没有护送马群去冬季草场，而是待在牧场总部的宿舍里，忙着把马鞍塞进一个麻布袋里。地板上铺着一张铁路线路图，克林特一直在研究这张地图。

杰夫打开宿舍的房门，一眼就看到了克林特在忙些什么。他注意到他脚边放着的铁路线路图，笑了笑。

"我想过你会走的，"他说，"因为斯摩奇不在了。"

初冬来临，南部的高山地区天气骤然变冷。大片大片的乌云飘了过来，寒凉的冬雨一连下了好几天，冲刷着山脊的沙石。随后，雨逐渐变成了雨夹雪，一直下个不停，直至整个地区似乎都被冻得瑟瑟发抖。

终于，在多个漫长的雨雪天之后，乌云开始变得越来越淡，越升越高，飘向了远方。一天傍晚，太阳终于有机会探出头来，再次向着大地微笑。太阳微笑着消失在蓝色的山脊后，接着一轮新月升起，像是在承诺，太阳第二天仍会照常升起。

第二天，太阳真的出来了，阳光明媚，照在亚利桑那州的土地上。空气清新得像花岗岩池中的泉水，静谧无声，整个世界似乎都在打瞌睡，满足地享受着阳光带来的温暖和生机。一只美洲狮在一块巨石上舒展着身体，觉得温暖而舒适，而前一天它还蜷缩在洞穴里冻得直打哆嗦。这时，几只鹿从藏身之处跑了出来，全身的毛发湿漉漉的，它们来到阳面的山坡晒了一会儿，身上的毛发就干了，变得光亮顺滑起来。

再往山下一点，靠近山脚的地方，一只小花栗鼠从它过冬的巢穴里探出头来，对着太阳眨了眨眼睛。它对着太阳眨了好一会儿眼睛，好像不相信这是真的，需要再确认一下。它站起来，在温暖的泥土上打着滚，用各种姿势滚来滚去，似乎想要把多日躲在巢穴中错过的活动全都补上。其他花栗鼠也出来了，于是它开始四处活动。它从一个灌木丛跳到另一个灌木丛，收集着坚果，尽管家里已经储存了大量的坚果，但它还是辛苦忙碌着，生怕春天来临前食物短缺。

花栗鼠正忙着剥松果，寻找里面的松子，突然，它听到有什么东西正快速穿过灌木丛，朝着它的方向冲来。它快速向洞里奔去，刚一奔到洞口，它就瞥见了一匹像大山一样高大的马，正不顾一切地向前狂奔，马的脖子上还拖着一根长长的绳索。

花栗鼠以最快的速度钻进洞里，一动不动地听了一会儿，然后把收集到的坚果放好，再次把头伸出洞外。它一边叽叽叽地叫着，一边环顾四周，想看看有没有什么不寻常或危险的东西。它刚眨了几下眼睛，就瞥见了另一匹马，这一匹背上驮着一个人，以同样的速度往前一匹马奔跑的方向追去。

花栗鼠根本没有去想那两匹马你追我赶是怎么回事，它只是叽叽叽地叫着，躲了起来；但没过多久，它又把头伸了出来，慢慢地露出整个身体。它站在洞口边的一块石头上，从那里向四周望去，看到那两匹马正向着平原移动，速度很快，似乎一个在努力追赶另一个。它注视着它们，直到它们消失在一座山丘后面。它又向其他方向望了望，没有发现什么需要注意的东西，于是就又跑开了，去收集更多的坚果。

远处的平原上，在山丘的另一面，那两匹马继续你追我赶。前面的马要是能和花栗鼠换一个位置，像花栗鼠一样爬进洞里藏起来，那它该多高兴啊。那天晚上，它被追着奔跑了很长时间，每踏一步，蹄子都深深地陷入泥里，它跑哇跑，但始终没能甩掉那个人。

那个人不见了两次，但每次当它心中燃起希望，以为把他甩掉了时，他又会出现，继续追赶它，胯下是新换的一匹马。有一次，套索套住了它的脖子，它拼命挣扎，绳索终于断了，于是它拖着绳索跑走了。

它越来越累，已经快筋疲力尽了，每踏一步，它都觉得这片土地和那个人是一伙的，想要拖住它的腿。它的蹄子陷进雨水浸泡过的松软泥土里，深到脚踝，每一次抬起马蹄都更加困难。它就如此一步一步往前奔，觉得越来越费力。

那人又一次消失了，但只是换了一匹马重新出现。那几匹接力供他骑乘的马的位置安排得很好，被追赶的马已经疲惫不堪了，很容易按照他的要求转向，这场追逐的结局差不多已经定了。

太阳升得很高了，筋疲力尽的马儿还在奔跑。当它穿过一丛茂密的雪松时，发现一些枯萎的松树堆成了一道栅栏的形状。要是在其他时候，它一看到这样的景象就会掉头逃跑，但现在，它的视线已经变得模糊，脑子也不太灵光了。它的神经和肌肉早就大叫着"放弃"，但它还是咬牙坚持了下来，跑到了现在这个时候，因为它脑海里有什么东西一直在告诉它，它应该坚持跑下去，但实际上它并不知道为什么要坚持。它已经不在乎自己跑到哪里了，即使后面的骑手停下来不追了，它也会继续跑，直到体力不支摔倒为止。

它沿着雪松堆成的栅栏跑了一段路，几乎没有意识到栅栏的存在。然后，它的另一侧又出现了一道栅栏，随着它迈步向前跑，这道栅栏逐渐向它靠过来，最后两道栅栏通向一扇门，门后是一个藏在茂密树丛中的畜栏。它停了下来，意识到自己不能再往前跑了。它四腿叉开，呼吸急促，浑身汗水淋淋，站在那里一动不动。

那个混血骑手关上木头做的大门，转身看着这匹马。

"嘿,你这暴躁的鼠灰色马,这次让我逮到你了吧。"

但斯摩奇半闭着眼睛,根本没有看他。它的头几乎贴着地面,身体其他部位努力支撑着身体,似乎根本没有听见他说话。

自斯摩奇被人从"摇摆的R"牧场的原野偷走,已经好几个月了,这段时间发生了很多事情。它和伙伴们先经历了整夜整夜的艰难跋涉,一路上它们几乎吃不到食物;然后,又是漫长而疲惫的跋涉,最后来到了离它的故乡有一千多英里的地方。

它和佩科斯以及其他马儿一起赶路时,穿过了许多看上去奇奇怪怪的丘陵和平地。当它们来到沙漠时,它松了一口气。那时,厚厚的积雪已经被它们抛到了身后,来到光秃秃的、长着灌木蒿的平原。一路上,斯摩奇看到了许多成群的野马,偶尔也会从一小群牛身边经过。途中景色不断变化,从连绵起伏的草原到低矮的丘陵,从低矮的丘陵再到高山,过了高山,又是更多的低矮丘陵，然后又是长着灌木蒿的平原。之后，灌木蒿就一直存在于地貌中，只是到了南部地区，又多了些丝兰属植物，还有凤尾兰、桶状仙人掌和猫爪藤。

最后，它们终于到达了一条宽阔的河流，河流位于一个很深的峡谷底部，峡谷里色彩斑斓。它们蹚过河，又走了几天，似乎到达了目的地——反正，它们没再继续往前走了。第二天，那个混血骑手把所有的马都关进了畜栏，用烙铁在"摇摆的 R"牧场的印记上又烙上了一个像马车车轮一样的标志，原来的烙印被彻底毁坏了。之后，马群被赶到一个高高的山丘上，等着烙印的地方痊愈。那里是一处山的平顶，四周都是悬崖峭壁，只有一条路可以上去，骑手用绳子和鞍毡把那条路拦了起来。那上面的草长得很繁茂，还有天然存储的雪水和雨水，足够维持马群生活很多天。

按理来说，经历这一切对斯摩奇来说算不得什么，在深雪中长时间艰难跋涉，地形地貌的变化，这些它都能接受。但是，一路走来，这匹马两耳之间的小脑瓜里滋生出了某样东西，那是一种仇恨，对强迫它和其他马儿不停奔波的混血骑手的仇恨。

斯摩奇天生就惧怕和厌恶人类，这种惧怕和厌恶一直伴随着它，除了克林特在它身边的时候。但之前它从没有想过要仇恨人类，直到那个偷走它们的人出现。

一看见他，斯摩奇心中的恨意就不断增长，最后眼中流露出杀意，但它心中的那点恐惧让它没有伤害那个一路尾随它的人。它只是自己生着闷气，一直跑在队伍前面，尽可能远离那个混血儿。

有一天，那个混血骑手朝它抛套索，但没套中它，被它躲过了。斯摩奇之前从未以那样的方式躲避过套索。自那以后，它就学会了适时躲开套索。第二天，那个人再次把套索抛向它，斯摩奇又抓住时机躲开了，套索又没套中。他一边咒骂，一边再次撑开绳环，抛向斯摩奇的脖子，但他的咒骂并没有起到任何作用，斯摩奇又一次躲开了，绳环掉在了距离它头部一英尺远的地方。

　　如果他是闹着玩的，斯摩奇肯定会很享受这个游戏，但他不是，而且他还变得十分凶狠，这让它更加严肃认真起来。它讨厌那个家伙的声音，因为他想要套住它的头，嘴里还不停地骂骂咧咧，而现在他又盘起了套索，打算再试一次。

　　在第三次抛套索时，那个混血骑手用假动作骗过了斯摩奇。他挥舞着套索，好像要把套索甩出去似的，但绳环却没有离开他的手。斯摩奇躲了一次又一次，每次都以为套索会飞过来，但始终没有来。最后，当它再次躲闪后抬起头来时，套索飞了过来，像蛇一样快速套住了它的脖子。

　　当套索拉紧时，斯摩奇就像一头被困住的灰熊一样拼命挣扎，那个混血骑手不得不围着畜栏的柱子绕了几圈才把它拉住。

　　"我现在就修理你，你——"

　　他嘴里骂个不停，把挂在畜栏上的一根柳树的枝条折断了一根，拿着枝条冲向斯摩奇，想让这匹马知道谁才是老大。他使劲用枝条抽打着小马的头，像是不把枝条打断不罢休似的。他体内憋着一股邪火，什么事都能干得出来，只要能让自己的心情畅快一点，就算当场杀死这匹马也在所不惜。

他不停地抽打着斯摩奇，直到枝条都快断了，虽然他注意到了，但还是没有停手的打算，想要一直打到枝条断裂为止。不过，幸运之神不站在他这边，拴住斯摩奇的套索在打结处突然松动了，它因此获得自由，逃跑了。

看到受害者逃跑了，他又咆哮了几声，看到它跟跟跄跄地跑回马群中间，他把整根枝条砸了过去。然后，他不知怎的突然意识到，现在不是和那匹顽劣的马浪费时间的时候，于是又抓了一匹马。

"下次我再收拾你。"他对斯摩奇吼道，然后骑上另一匹马，把马群放了出来，赶着它们上路了。

这一次，他们走了有二百英里。途中，斯摩奇对那个混血骑手的恨意越来越强烈，最后成了它的心病，治愈这一心病的唯一办法是杀死他。几个星期过去了，那个人抽打在它头上的每一下都留下了一道伤疤，伤口表面上愈合了，却转移到了它的心里，在那里溃烂、流脓。

后来有一天，在一片广袤的沙漠的边缘，那个混血骑手在刺柏丛中发现了一个高大结实的畜栏。远处有一间木屋，木屋的烟囱里正往外冒着炊烟，门口站着一个人，这是他赶着偷来的马上路后遇见的第一个人。但是，他觉得很安全，他们已经走了五百英里的路，马身上的烙印也都处理过了。这儿是个牧牛营地，他认为这里是他歇脚和休整的好地方，也许可以让那个牛仔帮他收拾一下那匹他一直想要收拾的鼠灰色马。他对那匹马已经怀恨在心。

驻守在这里的牛仔第一眼见到那个混血骑手，就不太喜欢他，但由于这里人迹稀少，牛仔还是勉强收留了他，还同意帮他驯服那匹马。

第二天，斯摩奇看见两个人走进畜栏，顿时就知道事情不妙。它一看见偷马贼，耳朵就往后拉，浑身上下都流露出对他的仇恨。它已经做好了战斗的准备，它很高兴能有战斗的机会。

但是斯摩奇没有机会，许多绳子同时缠住了它，它刚反应过来，就发现自己躺在了地上，被绑了起来，它根本没来得及动用自己的蹄子或牙齿。

它无助地躺在那儿，偷马贼看到他的猎物近在咫尺，且无法逃脱，就开始发泄起积压在他胸口已久的怨气。斯摩奇虽然被绑着，但还是伸出头来，差点用牙齿把他的衣服扯了下来。这下那个混血骑手觉得他又有借口了，要把它打成肉酱。

牛仔一时不明白那个人的驯马策略，于是站在远处旁观。那个混血骑手的所作所为，令牛仔觉得自己一开始就对这个黑脸的家伙没有好感是对的。起初，牛仔想干预，想把那家伙使用的棍子直接塞进他的喉咙里。后来，当他注意到那匹马想要自己对付那个混血骑手时，他想到了一个更好的办法，于是走上前去。

"听着，伙计，"牛仔对骑手说，"你这样打马有什么用呢？你为什么不给它一个表现的机会，骑到它背上再教训它呢？"

"你是不是认为我做不到？"那个混血骑手气急败坏地说。

计划很成功——牛仔心中得意，帮着他给斯摩奇装上了马鞍。帮忙的时候，他离斯摩奇的头很近，它差一点就能咬到他的胳膊。牛仔注意到了它头上的伤疤，自言自语道："这个可怜的家伙这么暴躁一定有它的理由，我猜它现在肯定觉得这个世界上没人是它的朋友。"

牛仔说得没错，只要是两条腿的生物，不管是那个混血骑手还是其他人，在斯摩奇看来都是敌人。只要有机会，它就会把他们撕得粉碎。

系好马鞍，让那个混血骑手在马鞍上坐稳后，牛仔就开始解斯摩奇腿上的绳子。当他把最后一圈绳子扯下来后，就迈着大大的步子，走到了畜栏里地势最高的地方，在那里他可以尽情地观看接下来的表演。

　　牛仔刚走到最高处，就听到身后传来一声巨响，好似山崩地裂了一般。他连忙转过身，看见斯摩奇已经发作起来，终于有了战斗的机会，它迫不及待地开始利用这个机会。现在轮到它重重出击了，它利用背上的马鞍来打击对手，马鞍随着它身体的每一次扭动和每一次猛烈跳跃在不断打击马背上的人。

　　混血骑手骑过很多烈马，说得上是个好骑手，但他很快就发现，斯摩奇比他以前骑过的任何一匹马都难骑。他虽然是个好骑手，但这匹马不断扭动身子跳跃着，很多时候，他根本无法跟上它的节奏。没过多久，他就开始觉得自己不适合骑这样一匹马。鞍头和鞍尾轮番上阵，从各种角度击打他，让他不知道自己该怎么坐着合适。很快，他的两只脚都脱离了马镫，当他的身体歪向一侧时，其中一只马镫甩了起来，击中了他的眉心。这下战斗结束了，他像一吨重的铅一样重重摔到了地上。

　　站在畜栏高处的牛仔一直笑个不停，享受着这场精彩的表演。看到那个混血骑手摔了个狗吃屎，他更是放声大笑起来。他这一生中第一次看到一个人栽了后，会这么开心。

那个混血骑手狼狈地趴在地上，一动不动，牛仔这才认真起来，要在马把他踩成肉酱之前，把他弄出去。不知怎的，他不忍心看到一个人就这样在自己眼前被撕成碎片，即使那个人真的该死。但斯摩奇的注意力全都集中在如何摆脱马鞍上，因为马鞍上带着那个混血骑手身上的气味。终于，马鞍开始松动了，它被不停向上拱，越拱越高，最后越过肩部，滑落到了地上，笼头也随之掉了下来。还没等刚摆脱束缚的斯摩奇重新挺直身体，那个混血骑手就自己站了起来，没用牛仔帮助，就自己逃出了畜栏。

在接下来的几分钟时间里，牛仔劝说那个混血骑手，给另一匹马套上马鞍，然后快点赶路吧。牛仔还帮混血骑手把马围拢起来，送他出了营地。对斯摩奇，混血骑手并不打算就此罢休，他计划改天再继续收拾它。

又过了几个月，直到第二年深秋，那个混血骑手才有机会再次把他的手伸向斯摩奇。在那段时间里，其他马匹似乎都很听话，全都被卖出去了。斯摩奇则一直被关在畜栏里，经常受到棍棒的毒打，吃的也只是干草。直到有一天，那个混血骑手认为，他要是打不垮这匹小马的斗志，就打断它的脖子。总之，一定要想办法让它乖乖听话，这样他才能高价把它卖出去。

三月的一天夜里，大风骤起，吹得畜栏门嘎嘎作响，最后把门都吹开了。斯摩奇很快就发现了敞开的门。几天后，等混血骑手发现这匹鼠灰色马的时候，它已经和野马群跑到一起了，他只来得及瞥了它一眼，它就跑没影了。

整个夏天里，混血骑手时不时想要把斯摩奇从野马群中分离出来，再将它赶进畜栏。但那匹马比它身边的野马都更难靠近。它清楚，如果再被他抓住，它的下场会是什么样的。混血骑手之前的不断殴打导致它对人类的仇恨达到了顶点，直到有一天它觉得，一条危险的响尾蛇也比人类看起来更像朋友。

但是，混血骑手并没有放弃。他不能忍受失败，哪怕面对的是一匹暴躁的烈马也不行。斯摩奇在夏天的几个月里享受着野外的自由生活时，混血骑手也没闲着，他一直在研究斯摩奇和那些野马在被追赶时会如何绕圈子，把它们逃跑的路线画了下来，最后想出了一个计划。

正是因为如此，当他秋天再次出发去抓斯摩奇时，他知道该在哪里安排马匹进行接力，路线的尽头是一个隐藏得很好的陷阱畜栏。一天下午快到傍晚的时候，混血骑手发现了斯摩奇，然后就跟在它和其他野马的后面。这是一场漫长的追逐战，野马们一匹接一匹地掉队，跑到其他岔路去了，但斯摩奇和剩下几匹最强壮的野马一直沿着混血骑手设计好的那条路线向前奔跑。最后，随着混血骑手不断更换新马匹，最强壮的野马也坚持不住掉队了，只剩斯摩奇一直在向前奔跑，直到最后腿脚发软，脚步踉跄地跑到了陷阱畜栏里，眼睁睁地看着他一脸奸笑地将畜栏门关上。

接下来的几天里，斯摩奇过得有些恍惚。它只记得自己被拉扯着回到了混血骑手的住处，第二天被套上马鞍，又被拉着走了很久，然后有人骑到了它背上，用马刺和马鞭逼着它在外面跑来跑去。它根本没有意识到混血骑手骑在它背上，或者说，它根本不在意，它也没有在意扔给它的干草，水也几乎没喝。这个畜栏把一条小溪也围了进来，只有当它在畜栏里转来转去，发现自己刚好站在小溪里时，它才会喝一点水。

这匹马的所有表现都表明，再过几天，它可能就会倒下，再也起不来。它的生命似乎很快就会走到尽头，它的那颗心已经萎缩，好像感觉不到一丝跳动。混血骑手每天都骑着它出去，以为自己终于把这匹马驯服了。

"我会让你变成一匹好马的，你这个顽劣的家伙。"他一边说，一边用马鞭抽打它的头，同时用马刺扎它。斯摩奇似乎既没有感觉到抽在头上的鞭子，也没感觉到扎在身上的马刺。当这两样东西落在它身上并留下伤痕时，它没有退缩，甚至连眼睛都没眨一下。这匹马似乎没有了活下去的意愿，失去了所有生机。混血骑手还在不断对它施暴，直到终于有一天，他的马刺扎得深了点，且扎在了斯摩奇较为敏感的部位。

这一扎刺激了这匹马那颗萎缩的心，它的眼睛里霎时闪出了微弱的光芒。第二天，当混血骑手走进畜栏时，斯摩奇打了一个低低的响鼻，当他爬上马时，它跳跃了几下。他对这匹马又重新振作精神感到十分惊讶，拿起马鞭时说："我会让你听话的。"

从那天起，斯摩奇萎缩了的心又开始生长，但这已经不是它以前的那颗心了——那颗心已经死了，现在这颗心在虐待中生根发芽，在粗暴的对待中长大，这颗心唯一的渴望是找出并摧毁所有它不喜欢的东西。这世间再也没有它喜欢的东西了。

而它最憎恨的就是那个混血骑手了，但斯摩奇已经与从前不同了，它不再向外表露自己的情感。它已经学聪明了，知道要如何战斗、何时战斗、在哪里战斗最为有利，它在等待时机。在此期间，它必须吃下混血骑手给它的每一根干草，它必须活着才能实现自己的新计划。

但不知怎的，斯摩奇的新计划好像暴露了，总之，混血骑手有一种感觉，自己要是离这匹小马的牙齿和蹄子太近，肯定不会有好果子吃。他经常透过栏杆间隙看着小马，不知道要拿它怎么办。他有时会想，与其跟这匹马斗智斗勇，还不如直接朝它的额间射一颗子弹，但一想到还可能把它卖个好价钱，他总算克制住了拔枪的念头。

"走一走远路，你会老实的。"一天早上，他拿着马鞍来到畜栏时说，"我今天让你好好跑上一段路。"

斯摩奇被混血骑手拿着一根长杆赶进了畜栏分群通道①，在那里，趁它动弹不得，混血骑手给它装上了马鞍。接着，他爬上马鞍，打开栏道的门，开始打马奔跑

---

① 该通道用于牲畜装载、烙印等，只让牲畜单行行走。——译者

起来。

斯摩奇已经跑了十英里的路，一路上斯摩奇根本没看路。它完全凭着直觉避过獾洞，跳过水坑，它的眼睛和耳朵一直集中在背上的那个人身上，它要是能咬到他，把他拉下来该多好哇！

混血骑手不停地用马刺扎它，甩鞭子使劲抽打它，驱使斯摩奇一路快速奔跑。身体受到如此折磨，它开始热血沸腾，怒火中烧。要是一直这样奔跑下去，用不了多久，它的血液就会达到沸点，进而它会失去理智。

他们来到了一条溪水旁，岸边的地势有些陡峭，斯摩奇在那里犹豫了片刻，耳朵朝前竖起，眼睛也看向前方，寻找不是那么陡的地方下坡。就在那时，一直想方设法折磨它的混血骑手又使用了马刺和鞭子，斯摩奇吓了一跳，心中强压的怒火瞬间如火山一样爆发了。

它直冲下岸边，落地时把头弯到前腿间，开始猛烈跳跃起来。那个混血骑手奇迹般地在前五六次跳跃中坚持了下来，然后他在空中转滚了一圈，滚落在了岸边。

身边的地上出现一块阴影，混血骑手几乎在落地的瞬间就伸手去掏枪。那是斯摩奇的影子，离他太近了。他把枪从枪套里拔了出来了，转身就要开枪，但晚了半秒，斯摩奇像一头大美洲狮一样，扑了上来，六发式左轮手枪被埋进了泥土里。

第十二章

成为恶马

　　整个格拉玛小镇的电线杆上都贴满了大幅海报，镇内诸多商店的橱窗里也能看到这样的海报，上面宣传的是即将举行的牛仔竞技大会。海报上除了写明奖项设置，还有一些弓背跳跃的马和公牛的照片，而占据海报中心位置的那张照片比其他照片都要显眼，照片上的那匹马正以一种很奇特的方式跳跃着甩掉背上的骑手。照片下用大字写着："美洲狮挑战世界最佳骑手。"

　　"美洲狮"是一匹擅长弓背跳跃的马的名字，它是竞技大会的主要看点，也吸引了全国各地优秀的骑手来挑战。主办方对骑手们的出身和地域没有限定，谁能骑上"美洲狮"，并且在一段时间内不被它甩下来便可以获得奖金。奖金的丰厚程度足以让所有优秀的骑手愿意远道而来，一试身手。

"美洲狮"也曾出现在其他牛仔竞技场上，许多人都曾领教过它的厉害。他们发现这匹马不是一匹普通的烈马，所有尝试过骑它的人在事后都说，他们要对付的不仅仅是它的弓背跳跃，它的眼神还很凶狠，含着杀意，要不是有那些"安全员[①]"的干预，很多牛仔还没落地就会被它撕成碎片。

这匹马似乎对人类心怀怨恨，它的目标就是要把地球上的人类全都消灭。不过，骑手们发现它有一点很奇怪，那就是对某些人的仇恨似乎比对其他人的更强烈，在面对黑脸的人时，它表现出的恨意尤为明显。

关于这匹马有一个故事，在各种牛仔竞技会和边远城镇节日庆典上，骑手们不断重复着这个故事。这匹马

---

① 安全员，pickup men，比赛过程中负责骑手安全的人，主要职责是帮助骑手下马，护送野马离场等。——译者

是在沙漠里被人发现的，当时它与一群野马在一起，背上驮着一个空马鞍。马下颚的毛上有干涸的血迹，膝盖上也有血迹。马身上有被绑过和拴起来的痕迹，骑手们在它身上寻找伤口，但连擦伤都没有找到一个。

随后人们在州县的报纸上刊登了这匹马的认领公告，将其描述为"一匹鼠灰色的马，脸上有白斑，从蹄到膝盖为白色，身上的烙印看起来就像一个弄花了的马车车轮。"

公告一连刊登了两个星期，仍然没人来认领这匹马，只好又让它在牧场上待了几天。之后的一天，一个牛仔把它赶到了畜栏里。

那个牛仔从看到这匹马的第一眼起就喜欢上了它，觉得这是一匹有点被宠坏了的普通的马。他抖出一个绳环，对自己很有信心，觉得很快就能把它的坏脾气改过来。但没过多久，他就发现要是不把这匹马弄倒，是不可能给它装上马鞍的。这匹马露出的眼神让他很不喜欢，他骑过各种各样的马，他很清楚那种眼神意味着什么。

他与这匹马保持着安全距离，远远地操控着套索，用绳子绊住它的腿让它跪了下来，然后平躺到地上。他把马鞍肚带系牢，把笼头牢牢套到它的头上，趁它还躺在地上，他骑了上去，伸手把绑住马腿的绳子解了下来。

接下来几分钟里发生的事情根本无法用语言来形容，牛仔觉得，想要用语言去描述当时的情形，就像试图用黑色颜料在黑色画布上描绘亚利桑那州的大峡谷一样——根本不可能。

总之，在这匹马有机会做任何事情之前，那个牛仔已经伸手抓住了畜栏最上面的栏杆，翻到了畜栏外面。到了安全的地方后，他思考了一阵，然后恍然大悟。他想起两个星期前发现这匹马时，它背上有一个空马鞍，下颚上有干涸的血迹，膝盖上也有血迹。

牛仔透过栏杆间隙看着里面这匹杀过人的马说："这匹马就是一头一千二百磅重的美洲狮呀。"

这就是"美洲狮"名字的由来，这个名字用在这匹鼠灰色马身上真是再贴切不过了，名副其实。

后来，有传言说南方的某个大城镇要举办国庆节庆祝活动，届时会有马术比赛以及其他各种活动。活动主办方悬赏一百美金，寻找最厉害的烈马。这就是为什么"美洲狮"会在观众面前亮相。有人警告"安全员"和"牵马人①"一定要随时守在旁边，注意不要让人受伤。那天比赛还没结束就证明了这几句警告非常有用。

"美洲狮"通过了选拔，一百美金被交到了带它来的骑手手上，没错，他赢得了赏金。毫无疑问，"美洲狮"成了竞技场上公认的最凶狠、最难骑的马，不仅是那里的竞技场，在其他地方的竞技场上也算得上是最凶狠、最难骑的马。主办方出价五十美元，要求将这匹马留在竞技场上，但这一提议遭到了拒绝。在比赛的最后一天，骑手们上场参加决赛时，主办方在第一次出价的

① 牵马人，hazer，将野马牵到指定位置，控制住马匹，协助骑手上马的人。——译者

基础上增加了五十美元，这一次提议被接受了。从那天起，"美洲狮"就被人从一个畜栏牵到另一个畜栏，从一个竞技场牵到另一个竞技场。

在人山人海的看台前，它好斗难驯、憎恨人类、擅长跳跃的名声开始传播开来，从一个州传到了另一个州。每当它出现在竞技场上，附近的人们，无论是来自城镇还是牧场，都会前来观看，因为光看这一匹马的表演就值回了整场竞技门票的价钱。

没过多久，整个西南各州的人们都开始谈论起"美洲狮"来，就像谈论他们最喜欢的电影演员或威尔士王子一样。来自欧洲和美国各地的游客来来往往，将"美洲狮"桀骜不驯的传奇故事带到各地。后来，各牛仔竞技委员会关注起这匹马来，开始竞相购买。"美洲狮"的身价越来越高，有一次，一个竞争对手出价五百美元想要购买"美洲狮"，这个人也经营着一家为牛仔竞技提供烈马的机构。这个价格被原主人一口回绝，周围的骑手们怀疑就算出价一千美元也可能买不到这匹马。

每年夏天，这匹鼠灰色烈马就会和其他烈马一起被运到不同的牛仔竞技场。每隔几个星期就有三四天时间，会有人骑到它背上。在这三四天时间里，以下情景会出现两三次：陌生的骑手骑到它背上，畜栏门快速打开，接着它如钢铁一般的身体怒吼着腾跃而出，重重落地，有如一吨火山岩浆一样从天而降，连看台上的观众都能感觉到地面的震动。

裁判、安全员和现场其他人眼睛一眨不眨地捕捉着这匹马每一个弓背跳跃的动作，恨不得自己能多长几双眼睛。在这一瞬间，所有的人似乎都屏住了呼吸，但屏住呼吸的时间不会太长，因为骑着马的高个牛仔很快就会摔下马。他一骑着马从栏道里冲出来，就受到了多次凶猛的颠簸，身体被高高抛起。虽然他必定是个厉害的骑手，但他很快就会知道：从马鞍上被甩出去，绝不是什么丢脸的事——从这匹马上摔下来根本不算丢脸。

很少有骑手能骑着它往前走上一段距离，有时，骑手爬起来的位置距离他骑着马奔腾而出的栏门也就几英尺远。

"美洲狮"是一匹不折不扣的烈马，在抗拒人类骑乘方面它没有对手。无论是在本州还是邻州，没有一匹马像它那样好斗难驯和擅长弓背跳跃，这常常让看到或研究这匹马的人感到奇怪，因为了解马的人都能看出，这匹马并不像竞技场上的其他大多数马一样天生就是一匹烈马。这匹马很有头脑，这一点从它甩人的方式上就可以看出。一般的烈马猛烈跳跃时，往往已经让背上的人偏离了马鞍，但下一跳又会让人稳稳坐回去；而"美洲狮"在感觉骑手偏离了原位一英寸时，就不会让他有机会把那一英寸再找回来，它会不停地跳，直到把骑手颠下去为止。

除此之外，它还有更多令人惊奇的行为，这一切都证明这匹马绝顶聪明。它对人类的仇恨，就如同一个人仇恨另一个人一样，只是它的仇恨更加危险。再者，正如照料它的牛仔经常说的那样：

"看到那匹马对人怀恨在心的样子，就明白肯定是有人对它做过非常邪恶狠毒的事情。我知道除了仇恨，它心里肯定还有别的东西，它好像在怀念什么已经逝去的、永远无法再得到的东西。有时，它表现出想要我陪着它的模样，像是在思念某人一样，但这种时候不会持续多久，它很快就会回到现实世界。但是，天哪，我有时真的希望那匹马能像讨厌我一样喜欢我。"

成为恶马"美洲狮"后的头两年时间里，斯摩奇比其他马都要凶猛暴躁。那段时间非常难熬，不仅仅对这匹马来说是如此，对所有试图接近它和驾驭它的人也是如此。这匹马的心里有太多怨恨，生命里只剩下怨恨，它为恨而活。在它性情凶狠地发作的时候，即使隔着栏杆，外面的人也能明显感觉到它强烈的杀意——它用牙齿和蹄子的威力展现了这一点，令人确定无疑。

它已经不再是八年前面对牛仔时的那匹马了。那时，它并不想伤人，只是想离开，只是想挣脱拴着它的绳子。尽管它生来就对人类有怀疑和厌恶，但面对那个牛仔，它并没有生出摧毁他的想法。

在"摇摆的 R"牧场的畜栏里时，它也是弓背跳跃的高手，动作猛烈，让克林特不得不注意自己的骑术水平。不过，虽然它当时的跳跃动作也很猛烈，但与它此时作为"美洲狮"相比，根本不在一个档次。在牧场时，它只是出于本能才猛烈跳跃，对一匹聪明的马来说，这不过是很自然的事情。它跳跃不是因为想要行恶，只是想看看是否能摆脱身上的索具和人，它觉得那些不属于它。

当然，它那时的确好好地试验了一番。将那时的斯摩奇和现在作为"美洲狮"的斯摩奇相比较，就好像将一个独自安静玩着游戏的人和一个与可恨对手赌命的赌徒相比较一样。

"美洲狮"会为了打败对手而拼命，它已经不在乎自己的性命，只为仇恨而活。不过，有一点很奇怪，虽然它的恨意如此强烈，但它只对那些想要控制它、试图驾驭它的人发起进攻。也许是因为周围总有很多人——看台上满是观众，牛仔竞技场的栏道和畜栏周围也挤满了人。这些黑压压的人群可能让它头昏脑涨，直到只有一两个人靠近它的时候，它才会攻击。

"美洲狮"竖起耳朵的方式也可能骗过了一些人。大多数城镇居民都曾注意到，街道上的一些马会戴着皮制的口套，防止它们咬伤路人。这些马大部分时间耳朵都会往后拉直，每当有人走近，它们就会露出脾气暴躁的样子，但一般来说，它们并没有看上去那么凶恶。它们只是厌烦了每个经过的人都停下来，试图喂它们花生或苹果之类的东西，或者以错误的手法来抚摸它们。有些马天生受不了这样的折腾，于是它们的耳朵便不再朝前竖起，不再给人好脸色，它们总是把耳朵向后拉，看起来像是要攻击人一样，但实际上，即使没戴口套，它们最多也就是从人的胳膊上咬下一小块衣服布料罢了。就像某个朋友对我说过的那样："它们只是觉得厌烦。"

草原上的马，不管它有多凶狠，几乎从来不会对着人往后拉直耳朵。当它这么做时，即使只有那么一瞬间，下一秒，它就会扑过来了。

　　"美洲狮"是一匹草原马无疑，有着真正的野马血统，它耳朵竖起的状态也和其他草原马无异。它透过栏道的栏杆间隙看向某个人时，耳朵也总是朝前竖起，但躲在耳朵阴影下的那双眼睛却明明白白透露出，如果有人进入它所在的栏道，不难想象会发生什么事情。

　　除非"美洲狮"确信自己在竞技场上十拿九稳了，否则它的耳朵从不往后拉。每当它耳朵后拉的时候，肯定会有一辆救护车在竞技场上疾驰，看台上脸色发白的观众则会用奇怪的低沉语调纷纷议论。这样的情景发生了一次又一次，"美洲狮"因而恶名远播。

　　一天，一个脸上长着雀斑的小个子进入了总决赛，他出现在栏道旁边，打算上场挑战"美洲狮"。他来自边境另一边的墨西哥，在牛仔竞技比赛的前三天里，他充分证明了自己是骑野马和套牛的高手。

　　"天哪！"在"美洲狮"被赶进上鞍的栏道时，有人听到他说，"我可是很不容易才得到骑这匹马的机会。"他摸了摸绑好的马刺，确保马刺在正确的位置上。"如果你们仔细看，"他笑着继续说，"我会给你们好好上一课，教一教你们如何用马刺上的小齿轮在小马耳朵尖上弹奏曲子。"

这个小个子牛仔心情很不错。他已经一年多没进城了，有机会在众人面前骑一匹恶马对他来说非比寻常。以前见过他的骑术的只有桶状仙人掌和凤尾兰，而且在贫瘠的平原或高高的山丘上骑一匹脚步不稳的老马也无法将骑手的最佳技术激发出来，这与在有乐队演奏和有人群欢呼的竞技场里表演完全无法相比。

"这匹马很对我的胃口。"他看了"美洲狮"一眼说。这匹马在上鞍时的表现丝毫没有让他感到害怕，在他准备上马时，脸上的笑意越来越浓。他骑过许多匹好斗难驯的烈马，对他来说，它们都只会做一件事，那就是吃败仗。

作为一名真正的骑手，他欢迎任何能考验他骑术和能力的东西。即使"美洲狮"来自地狱，长着犄角，有着分叉的尾巴和分趾的蹄子，他也只会笑得更为开心，并用他一年的收入打赌自己能让"美洲狮"夹着尾巴跑回地狱，嘴里大喊"饶命"。

"骑手已上马。"牵马人喊道。裁判也已经做好了准备，因为这次出场的是"美洲狮"。

当栏门快速打开，"美洲狮"腾跃而出时，牛仔发出了一声欢呼，还咧嘴笑了起来。他笑着从众裁判前经过，同时用绑好的马刺踢这匹落地时造成大地震动的烈马。

"美洲狮"怒吼着再次跳了起来。"好——哇！"牛仔也喊叫着。场上一片尘土飞扬，裁判们根本看不清场上的状况，但即便没有尘土，他们也看不清，因为事情发生得太快了。下一秒，那匹扭曲着身体的鼠灰色马在竞技场上向着栏道疾驰，牛仔还在喊叫着踢打它，但他整个人已经被甩得偏向了一侧，身体像是被折断的鞭子一样。"美洲狮"已经像往常一样找到了自己的节奏，马上就要打败对手了。

安全员们催马上前，想在那人被甩出去之前抓住马头，但他们还是晚了一步，下一秒发生的事让看台上的所有人都面色苍白、手足无措。还在不停踢着马刺的牛仔在一阵猛烈颠簸后被从马鞍上甩了下来，他的身体还未着地，"美洲狮"就直立起身体，掉转方向，耳朵后拉，亮出森森白牙，马蹄有如闪电一般迅速朝着他踢去，它打算尽情释放它心中压抑已久的欲望。

那个人有如玩杂耍一样，被抛了起来，在空中飞了一小片刻才掉下来。那匹马就像是一头真正的美洲狮，紧紧跟了上去，想要了结他的性命。

就在这时，不知是出于天意，还是有其他什么东西出手干预，牛仔掉落到了场地围栏的另一边，让他不至于被踩成肉酱。但是，即使隔着围栏，"美洲狮"还是没有就此作罢。它试图撞开围栏，众人耳边传来一阵木头断裂的声音。直到有两根绳索套住它的脖子，把它拉走，事情才算结束。

几名骑手冲上前去，发现牛仔正坐起身来，摇了摇头，像是想要找回理智一般。很快，他抬头看向周围的人，脸上露出了一个茫然的笑容；然后，他看了看自己的衣服，发现衬衫已经被撕去了大半。他皱了皱眉头，活动了一下身体，感觉到自己的肋骨处和后背有些疼痛，又看了看自己身上手工制作的生皮皮套裤，上面有马蹄的痕迹。看到这些，他又咧嘴笑了。过了一会儿，他说："幸好我穿了这条皮套裤，不然我离开这里的时候，就得像亚当一样光着身体了。"

从那天起，那个脸上有雀斑的牛仔就成了"美洲狮"出场时的常客，他想要靠近"美洲狮"上场的栏道。他遇到了一匹他不能驾驭的马，这让他很难接受，他不知道这匹马是如何做到的。他以前从未见过他骑不了的马，除此之外，"美洲狮"身上还有别的吸引它的东西，于是他总是追随着这匹烈马。这匹马超乎寻常的狠劲让他琢磨不透，他想要骑到它身上弄明白。骑这匹马不仅需要技术和胆量，而且需要很强的思维能力，确实值得一试。

在冬天、春天和秋天，他都在草原上工作，在日常工作中不断锻炼自己的骑术。夏天来临，他总是追随着"美洲狮"辗转于不同的竞技场。他怀着新的希望，希望自己能在回牧场时，告诉自己的老板："我驯服了它，整个过程干净利落，最后马乖乖停住了脚步。"

他跟随了"美洲狮"两个夏天。在那两个夏天里，他与其他优秀骑手竞争，最终获得了三次骑"美洲狮"的机会，每次都是以他摔到地上，落荒而逃而结束。

"那匹马真是名副其实。"有一次有人听到他对其他骑手说，"天哪，这正是我一直追随它的原因。"

"美洲狮"在牛仔竞技场又度过了三个漫长的夏天，一直在向世界顶尖骑手发起挑战。又一个春天来临，牛仔竞技会接踵而至，广告海报上写着"'美洲狮'将闪亮登场"。海报上的内容表明，这五年来，没有一个骑手能在枪响前不被"美洲狮"甩下马。正如牛仔们所说："情况确实是这样。"

那年春天和夏天，斯摩奇不断地把骑手甩下马，直到秋天快要来临，它还保持着不败的战绩。有一天，另一场牛仔竞技会开始的时候，一名从怀俄明州到南方过冬的牛仔偶然听说了这件事。几天后，这个牛仔出现在牛仔竞技会的总部，在那里签下自己的名字，报名参加了骑术比赛。

他获得了参赛资格，通过了选拔赛和半决赛，这两场比赛对他来说赢得很轻松。"美洲狮"是专门为决赛准备的马，它是那个牛仔参加此次赛事的目标，他骑其他马只是为了能够骑上"美洲狮"。

他轻而易举地赢得了骑"美洲狮"的资格，同时也获得了赢取一千美元的机会，这笔钱是为能成功驾驭"美洲狮"的骑手准备的奖金。第二天下午，他来到栏道边，很快，他就能真正一展身手了。在等待的过程中，他还检查了一下马鞍肚带和系带是否结实，是否能承受住猛烈的拉扯。

裁判喊出了下一个出场骑手的名字，也就是他的名字。就在这时，那匹鼠灰色烈马透过栏道的栏杆间隙看着他，朝他打了个响鼻。骑手看到它那副凶狠的样子，不由得吹了一声口哨，笑着说："我有一种感觉，这匹小马与我之前骑过的所有马都完全不一样，但没办法，我还是要骑，我得祝自己好运了！"

另一个牛仔说："你的确需要很多运气。"

马鞍已经套上了，肚带也已经系好，牛仔爬过栏道的栏杆，坐到了这匹能够甩飞全国最好骑手的马的背上。他把缰绳拉得紧紧的，双脚稍稍向前一点，往后坐了坐，准备迎接第一次颠簸。他摘下帽子，尽力保持平衡，然后大喊了一声：

"我们出来啦！"

说"出来"也没错，但这种情况下用"发射"会更贴切。总之，等裁判们看清楚马和人的时候，他们已经到场上了，双方立刻进入了白热化激战。当第一团灰尘散去时，周围的人脸上都露出了惊讶的表情，因为他们发现骑手还坐在马上，而且看上去坐得稳稳的。

骑在马上的裁判们目瞪口呆地看着眼前这一幕。他们还从来没有看到过骑手能在这匹马背上骑这么长时

间，全都被眼前的景象吸引住了，没有注意到骑手骑在
马上的时间已经超过了规定时长，也忘记了鸣枪示意。
这时有人喊了一声，把他们从恍惚中惊醒过来。

枪声终于响起。枪声刚一平息，骑手似乎就坚持不
住了，从马背上摔了下来。他在此次骑马过程中受了不
少折磨，足以让他难受许多天。从"美洲狮"第一跳开
始，他就感觉自己的脊梁骨快要刺穿自己的喉咙，这种
感觉随着每一次跳跃越来越强烈，最后他几乎失去了知
觉。作为一名骑手，他坚持坐在马鞍上，极力消除眩晕
感，同时紧紧跟上马的节奏，似乎过了一个小时，他才
听到了微弱的枪声，这才意识到，自己获得了最高额度
的奖金。他是第一个骑着那匹马超过规定时长的人，这
就足够了。至于是否会有人说他没有把马骑到终点，他
已经顾不上了。

其中一个骑手对"美洲狮"非常熟悉，他看着这匹
马出场时，一如既往地怀着极其激动的心情，他曾多次
目睹这匹马表演。当这一场比赛结束时，他俯身对身边

的一个骑手说：

"你知道吗？我觉得'美洲狮'作为一匹难以骑乘的烈马，已经开始在走下坡路了。在最近几次出场中，它都没有达到它的最佳水准，特别是这一次。要是换成去年夏天的时候，那个牛仔来挑战，我敢肯定他坚持不了这么久。"

"嗯，我也注意到了，我也觉得这匹马的速度有所减慢，"另一个骑手也点头说，"不过这也在意料之中，毕竟'美洲狮'已经在竞技场上快六年了。我都不明白，它如何能坚持那么长的时间。"

他们说的都是实话，并非针对第一个坚持到规定时间的那个骑手。他们只是实话实说，并没有暗示自己也同样可以做到，而且其他牛仔也注意到了这两个人话语中说到的情况。"美洲狮"的速度开始变慢了，但这场比赛也足以证明"美洲狮"是一匹烈马，或者说，曾经是一匹烈马。

在"美洲狮"之后的出场中，越来越多的人注意到这匹马的速度在变慢。那年秋天，那个来自边境另一边的小个子牛仔终于心满意足地回去了，他是第二个成功骑上"美洲狮"的人。到当年最后一场牛仔竞技会结束为止，又有两名骑手成功了，并骑到了终点。看台上的观众很惊讶，得出的结论是"美洲狮"根本不是什么特别难骑的烈马，大家之前只是被蒙蔽了。总之，给成功驾驭"美洲狮"骑手的奖金由一千美元缩水到了五百美元，"美洲狮"正快速失去自己"一匹仇恨人类的烈马"的名声。

就连它对人类的仇恨似乎也在渐渐消失。有一天，它把一个骑手抛了出去，这个骑手刚好落在它面前，观众们顿时屏住了呼吸，紧张地等待着那个牛仔在他们眼前被踩得粉身碎骨。要是一年多以前，肯定会发生这样的事，而且必定是在一瞬间，但这一次，这匹烈马似乎没有注意到那个人。它从他的头顶跃了过去，似乎很小心地注意着自己的蹄子，避免碰到他。事后，看台上的人低声议论，"美洲狮"根本就不是什么粗暴野蛮的烈马，也许只是个宠物，弓背跳跃是专门训练出来的，它杀人的传言，也很可能只是为了宣传牛仔竞技会而杜撰出来的。

无论看台上的观众怎么想，斯摩奇有自己不想再做"美洲狮"的理由。这并不是因为它的腿发僵了，也不是因为它的腿没力了，而是因为年复一年，它遇到了不少前来骑它的陌生骑手，尽管他们似乎都不想和它建立什么亲密联系，但至少他们身上也没有让它产生恨意的东西。

自从它第一次出现在竞技场开始，就再也没有人拿着棍子或藤条打它。在最初的几年里，斯摩奇一直任由那颗那个混血骑手移植到它体内的心脏控制着自己的行为。心中的恨意让它没有注意到自己所受到的良好待遇，因而未能做出相应的回应。在快到第五年的时候，它才开始竖起耳朵，倾听周围人对它的称赞和尊敬。

"美洲狮"这个名字继续存在了一段时间，但那匹被冠以这个名字的马很快就失去了拥有这个名字的资格。第二年春天来临，牛仔竞技会又开始到处举行。优秀的骑手们又开始像以前一样追随着"美洲狮"，希望有一天，他们能从那匹马的背上取下他们的马鞍，然后说一句："我已经骑过那匹马了。"

但早在仲夏来临之前，许多骑手的希望就已经破灭了，因为"美洲狮"不再是"美洲狮"了。它那些快速、猛烈、高难度的跳跃，曾让许多优秀的骑手失去思考和平衡能力的跳跃，现在正在逐渐消失，它变得和其他的烈马没有太多差别。一个又一个骑手轻松地骑在它的背上，举起一只手挥动着。说他们心里不失望那是假的，因为在一年以前，根本没有要举起一只手挥动的规定①。

每次给"美洲狮"上鞍，它仍会弓背跳跃，但越来越多的骑手能骑着它走到终点，直到最后，再也没有骑手被它甩下马背了。

---

① 牛仔竞技中，牛仔骑野马时，通常必须举起一只手过头，成绩才算有效。——译者

"美洲狮"的心逐渐萎缩，而斯摩奇的那颗心开始慢慢复苏，尽管那颗心变老了，也更虚弱了，却依然坚定地跳动着，逐渐占据了它的整个心房。

很快，人们就不需要隔着一段距离照顾这匹鼠灰色烈马了，也不需要高高的畜栏来保护人不受它的牙齿和蹄子的伤害。它就像其他大多数烈马一样，不需要其他绳索拉住它，人们就可以把它从运牲口的车上牵到牛仔竞技场去，不用怕它会伤害牵它的人。

一天，一个骑手牵来了一匹精瘦的大灰马，嘴里说着"这是匹烈马"，而它也确实是一匹难驯的烈马。从它高鼻梁的鼻子到它那双眼窝深陷、死气沉沉的眼睛，再到它粗壮的脖子以及其他部位，无一不显示出它是一匹天生的烈马。它之所以能成为牛仔竞技场上一匹很有价值的马，是因为它能猛烈弓背跳跃。就像所有天生的烈马一样，它所知道的和能做的只有弓背跳跃。

很快，它就获得了"灰美洲狮"的称号，就像是人们想让它重现"美洲狮"的表现。但是，那匹灰色烈马和"美洲狮"根本不能相提并论，特别是之前的"美洲狮"。首先，那匹大灰马之所以凶狠，只是出于本能，它既没有"美洲狮"那样想把人类全部消灭的雄心壮志，也没有"美洲狮"那样绝顶聪明的头脑。大灰马只是一匹性子暴躁的烈马，根本无法与这匹能杀人的鼠灰色马相比。它是一匹不错的替补马，只是永远赶不上真正的"美洲狮"。

从一开始，大灰马就成功地把几个人甩下了马，也就在那时，老"美洲狮"开始逐渐淡出人们的视线，因为已经很久没有人为了赢得奖金而骑它了。灰色烈马的出现标志着斯摩奇的竞技场烈马生涯开始走下坡路，终于有一天，它的竞技场烈马生涯彻底结束了，而且那个过程只有短短几分钟。

像往常一样，那一天场上宣布"美洲狮"出场，当这匹恶名昭著的马出现在栏道里时，看台上那些经常听到，但从未见过这匹烈马的观众自然就产生了浓厚的兴趣。人群中也有不少以前在竞技场上见过这匹马的人，他们中的有些人此时屏住了呼吸。人们对这匹马的表现充满期待，所有观众都觉得自己一定能看到一场符合甚至超越他们期望的表演。

栏门打开了，一匹背上驮着牛仔的鼠灰色马跑了出来，"美洲狮"这匹著名的烈马，大步绕着竞技场慢跑了一圈。

无论在什么地方，无论在什么时代，人们对"过气英雄"总是不那么尊重。如果"美洲狮"还像以前那样好斗难驯，浑身充满杀气，那么一切都好，观众也会觉得很满意。但现在看来，这匹马已经不再好斗，不再弓背跳跃了，因为斯摩奇的心已经长大，而原来属于"美洲狮"的心已经被扼制。"美洲狮"已经成为过去，它只想做回乖巧的斯摩奇。

观众们很失望，觉得门票钱花得不值，人群里有人叫嚷着"把它牵走，把它套到运奶车上去"，"把它卖去给女人当骑乘马"。虽然很奇怪，但也算正常，只有那些没有本事的人，那种离开家就束手无策的人，才会叫嚷出这些话来。还有一些人为了卖弄而喊叫，但从他们身边那些明智的人看他们的眼神就可以得知，他们的卖弄只是暴露了他们的无知。

牛仔骑着"美洲狮"一直走到场地的另一边，然后停了下来，翻身下马。听到看台上的喊叫声，他抚摸着马的脖子说："别放在心上，老伙计，你已经完成了自己的使命。要是我能把你放进上面那群大声叫嚷的人中间，看着他们四散奔逃，我会非常高兴的，可是看来你已经不愿再与人战斗了。"

这是牛仔竞技会的最后一场比赛，当晚给骑手颁发了奖金。第二天一早，所有的马被装上拉牲畜的车，驶往另一个即将举办牛仔竞技会的城镇。在一节车厢里，有一个地方一直是"美洲狮"的位置，但这一次，占据这个地方的是一匹灰色的马，当车开动时，那匹灰马还打了个响鼻。"美洲狮"被留了下来，在畜栏里看着车子驶出了自己的视线。

第十三章

任人骑乘

对牛仔竞技会而言，"美洲狮"已经失去了价值，因此原主以二十五美元的价格把它卖给了一家马房①的老板。

老板盘算着，如何才能从这匹马身上赚回二十五美元。这匹马看起来膘肥体壮，可以训练它拉车，然后把它套到六匹马拉的大马车上或八匹马拉的大马车上，在沙漠里不断来回送货。

不过，在给"美洲狮"套上拉车的马具之前，有一

---

① 马房是指出租马匹或马车的地方。——译者

天，一群游客突然拥入了小镇，其中一名游客提议去骑马，于是马房老板一下子就收到了许多租用骑乘马的订单。他估算了一下自己能提供的马匹数量，发现还差三匹。他四处找寻，又找到了两匹，还少了一匹，于是他的目光便落在了这匹鼠灰色马的身上。

起初，他完全忽略了这匹马，但因为这批游客还缺一匹马，所以任何一匹马他都不能放过。他抓住这匹马，给它套上马鞍，战战兢兢地骑了上去。老板必须知道，这匹马在人骑上去时会不会跳跃，跳一下都不行，跳一下就说明它不适合给游客骑乘。

但是，马房老板骑着"美洲狮"在马厩里走来走去时，马的背拱都没拱一下。老板的腿也不抖了，坐在那里，煞白的脸色恢复如常，然后他笑了起来，露出惊喜的表情，因为他注意到这匹马很听话，他想让它往哪边走，它就往哪边走。

"天哪，"他对着马厩门自言自语道，"这家伙是匹真正的骑乘马。"

于是，当游客们穿着骑马装光鲜亮丽地出现在马厩时，马房老板已经做好了一切准备，欢迎他们的光临。他仔细打量着所有的游客，为他们挑选各自适合的马匹。由于他对"美洲狮"还心存疑虑，他又仔细地打量了他们一遍，最后看中了人群中最强壮、最能干的一个年轻人。

他把"美洲狮"的缰绳递给了那个年轻人，小心翼翼地问："我猜您应该会骑马吧？"

那个年轻人转过头来，惊讶地看着他，用嘲讽的语气回答道："当然会骑，这还用问吗？"

马房老板看着他和其他游客骑上马走到街上，脸上的笑容掩都掩不住。"这还用问吗？"他自言自语道，笑容又深了几分，"我希望他回来的时候，对自己的骑术还是那么自信。"

直到傍晚时分，游客们疲惫地骑着马回到马房。马房老板满意地笑了，因为他注意到，那个年轻人还衣着整洁地骑在"美洲狮"背上。他把那匹马给了那个年轻人之前，心里一直有些担心，现在发现一切顺利，游客们似乎都玩得很开心，说第二天他们还要骑马。

"这匹马很不错。"从"美洲狮"背上下来的年轻人说。他说话的神态就像是在向马房老板证明："我当然会骑马。"像他这样的人，马房老板见得多了，知道他有几斤几两，但在得知"美洲狮"的表现那么好时，老板大大地松了一口气。

"这匹马叫什么名字？"年轻人问。

马夫想了一会儿，认为如果说出马的真名，年轻人在得知自己骑的是别人长时间都骑不了的有名的烈马后，肯定会过于膨胀。这匹马在他骑的时候，跳都没有跳一下，他肯定会变得更为自负。再说，他也可能会不再想骑这匹马了。于是，他犹豫了一下，最后给马起了个新名字。

"它叫乌云。"他说。

这个名字听起来很顺耳，也很符合这匹马的颜色，但这个名字永远不会像"斯摩奇"一样，在北方牧场上受到人的称赞，也不会像"美洲狮"一样，在州与州之间被人广为传播，让人一听到就兴奋不已。这匹马的身份再一次发生了变化，它由顶级牧牛马变成牛仔竞技冠军烈马，最后褪下光环，栖身于马房之中，任由每一个人随意骑乘。乌云现在只是一匹马房里供出租的马。

当它由野马被驯化为牧牛马时，斯摩奇努力学习着一切它可以学习的东西。当它是烈马"美洲狮"时，它的目标是杀死或弄残所有接触它的人。在"摇摆的 R"牧场上，有什么东西在激励着它竭尽全力地学习和工作，让它成为那里最好的牧牛马。在牛仔竞技场上，又有完全不同的东西激发了它的兴趣，让它成了在竞技场上大放异彩的烈马，其他马全都黯然失色。

无论是在牧场上还是竞技场上，它都有雄心壮志，为了实现愿望，它热情洋溢地努力着；而现在，当它第一天的工作结束，马厩门关上时，它似乎失去了生命的热情和目标。从某种程度上来说，当最后一辆车拉着其他竞技烈马消失在它的视野中时，它就已经感觉到了。

它没有试图逃跑，当马房老板来到畜栏把它牵走时，它甚至没有哼叫一声。

它跟着马房老板来到这个大马厩，被关了起来，它发现这个地方没有任何东西或任何人值得它为之努力工作。在这里，它只是一匹马，一匹可以按小时或按天出租的骑乘马。尽管与它以前习惯的生活相比，这里的一切显得陌生而新奇，但这些并不能让它的眼睛中迸发出任何火花。

也许是它的心变老了，总之，在熟悉了这个地方之后，这匹马默默地接受了一切，也不再打响鼻表达自己的意见。它对什么都无所谓了，生活中唯一能引起它兴趣的是干完一天活后，主人放在马槽里的干草和一点谷物。有一天，马房老板来给它梳毛，这对它来说是一次全新的体验，因为以前从未有人用梳子给它梳过毛。一开始它并不在意，但是后来，它开始期待有人给它梳毛的感觉，这种感觉就像在泥土里打滚一样舒服。梳理毛发、充饥的谷物、休息、独处，这就是这匹鼠灰色马当下仅剩的全部愿望。

但它必须工作，赚取别人给它的一点干草和照料。它不讨厌工作，但它不喜欢这种每天漫无目的地追逐打闹。它被人类驯化时，驯化的目的就是让它做有用的事情，而且只做有用的事情。后来，它在牛仔竞技场上弓背跳跃，也是有目的的。但这些被称作"游客骑手"的人，似乎不知道自己想做什么，想去哪里，他们只是骑着马四处游荡，两手持着一根缰绳，就像是想让马犁地一样。他们骑着它在街上跑来跑去，而这些街道的地面实在太过坚硬，让它的脚很不舒服，而到了松软平坦的地方，他们却让它缓慢行走。难怪这匹马会期盼一天的工作快点结束，好回到马厩的隔栏里。

这匹马从来没有像现在这样如此珍惜晚上的休息时间。它半闭着眼睛，享受这份难得的安宁，慢慢地咀嚼着干草和谷物，好像在担心一吃完，就又要被牵出去到处跑。夜里会有一小会儿，它会完全闭上眼睛小憩，这时它疲惫的心，能像它疲惫的身体一样，得到片刻休息。当它再次睁开眼睛时，它会把前一天晚上留下的一点干草吃干净，为即将开始的新一天的工作积蓄所需要的力量。

几乎每天清晨，都会过来一个头发花白、肚子有点大的人，将一个薄煎饼一样的马鞍套到它的背上，铁制的马镫总是不断摆动。经过一番使劲和喘息后，这个人终于爬到了马背上，于是清晨的骑马活动就开始了。

这个人很笨重，骑在马鞍上的姿势也很僵硬，不过，随着乌云和他渐渐熟悉后，乌云最后有点喜欢上了他。这个人似乎知道自己要去哪里，到了那里后，尽管不是什么特别的地方，老人总是会从它背上下来牵着它走。有时他会跟乌云说话，乌云就静静听着，即使听不懂也没关系，它就是喜欢听他说话的声音。

他们去的地方一般是镇外的峡谷或小道，乌云感觉在这些地方很舒服。此外，老人从来不会催促它。如果老人让它小跑或大步慢跑，它会将速度控制得恰到好处，人和马都不会觉得不舒服。晨间骑行结束回到马厩时，乌云身上很少有汗。

但这时乌云一天的工作才刚刚开始。乌云刚一回到马厩，就有人来给它换马鞍，另一个想要骑马游览的人骑到它背上，开始新一轮的骑行。中午，它回来后，刚刚吃完一口谷物，就会有另一个游客推开马厩的门，来找乌云。

"我很喜欢骑那匹马，你知道吗？"

相较于马房的其他马，每个人都更喜欢骑乌云。因为马房老板经营马房可不会为乌云的健康着想，所以他一有机会，就会把乌云租出去，只是会在晚上的时候多喂它一把谷物，让它不至于累倒。有时，乌云会一直劳作到夜里，回来时浑身大汗淋漓，累得都有些站不稳了。但第二天，它又要起来照常工作。

骑乌云的人各种各样，不同年龄、不同体型、不同身材、不同智力程度的都有。偶尔，骑马的人待它很好，知道马是有感情、有头脑的动物，但大多数时候，人们根本不考虑马的感受，他们不会顾及这匹马可能已经跑了很远的路，或者它可能已经累了。在所有骑过它的人当中，男孩子们是最差的，他们总是让它快速下坡，冲向山脚。

大多数男孩子一开始就策马快速奔跑，从他们上马开始到回马厩的整个过程中，他们不仅不让马减速，反而让马越跑越快。他们让马在小街道上来回奔跑，然后把马借给其他男孩子，每个人都想炫耀一下自己能让这匹疲惫的老马跑得有多快。

有时，为了让这匹老马跑得更快，人们会用马刺和马鞭催促它。这种时候，那颗已经死亡的"美洲狮"的心又有了复活的迹象。但是，随着岁月的流逝，这匹马的精神已经逐渐萎靡，再也回不到从前的感觉。它身心疲惫，没有机会得到足够的休息，即使"美洲狮"的心偶尔回来，也不会待太久，充满活力的心的火苗只是一闪就消失不见了。当马背上的人又用马鞭打它时，它只会再次竭尽全力跑动起来，重新变回乌云，一匹普通的羸弱的老马。

男孩、女孩和大人们一直盯着这匹老马骑，他们虽然不是有意如此的，但实际上，这会让它更快地走向死亡。他们就像一群狼，当它能站着战斗时，他们谁也不会靠近它一百码以内；当它是一心渴望战斗和杀戮的"美洲狮"时，他们谁也不想骑到它背上。但现在，它终于倒下了，没有斗志了，他们就像一群狼，全都向它靠拢过来。

唯一不同的是，狼群杀死猎物的速度很快，它们不会让猎物拖上几天、几个星期或几个月才死，也不会让猎物受尽折磨，最后慢慢死去。话又说回来，狼群攻击猎物只是为了生存。

但是，我们并不是要责备这群像狼一样的人，他们只是为了享受骑马的乐趣，以及锻炼身体。他们中的大多数人没有什么坏心思，只是不了解乌云，它无论做什么事情都很认真，根本不需要马刺刺激它，它也愿意向前奔跑。但是，它的尽心尽力经常被误解，被人理所当然地认为它的身体状态很好，想要不停地往前跑。

他们不了解一匹疲惫不堪的马和一匹精力充沛的马之间的区别，再说了，很多人从未想到过要去了解。对他们来说，马就是马，他们对马一无所知。这类人认为马就像汽车一样，能一直跑个不停，想让它跑多快就能跑多快，只要像踩油门一样给马一顿鞭子，它就能一直往前跑。

阳光灿烂的秋日过去，冬日来临。冬季漫长而寒冷，凛冽的寒风不断呼呼地刮着，让这一地区的人们对接下来几个月的沉闷生活感到恐惧。人们不再喜欢出门了，觉得还是躲在屋内最舒服，不仅屋顶墙壁能遮风挡雨，还有熊熊燃烧的炉火可以取暖。

游客们都离开了，小镇变得死气沉沉起来，许多人聚在一起，商量着想要打破这种单调的生活方式。两个星期以来，一股寒流从山的那边袭来，时不时夹带着雪花，雪花漫天飞扬，仿佛不会停下来。有的人咒骂着这该死的天气，有的人忙着将木柴和煤炭运回家，没有任何人或动物为冬爷爷说一句好话，只有一个例外，那就是马房里的一匹老马。

这匹老马虽然不会说话，但能清楚地感知周围的一切。它感觉到寒冷的冬天来了，游客和其他骑马的人消失了，因此，它所剩无几的生命才得以存活下来。它的背上长满了鞍疮，身体已经瘦到了皮包骨的程度，就连它的毛皮也因流汗过多褪色严重，有的地方毛发已脱落，皮肤裸露了出来，它疲惫不堪的双腿几乎无法再支撑住这副骨架。再这样下去，过不了几个星期，这匹老马就完了。另外，它早就厌烦了这样的生活，这也加速了它身体衰败的进程。

但现在看来，冬爷爷来得正是时候，拯救了它这把老骨头。有两个星期，寒风呼啸，大风刮过马厩墙壁的缝隙，吹得马厩都在摇晃。在这两个星期里，老马恢复了一些体力，终于能够听到呼呼的风声，享受这片刻的轻闲——没有游客前来打扰它休息，而休息正是它所需要的。

周围的每个人都想知道，这可怕的寒风何时才会停止，但对乌云来说，如果可以的话，它希望这风永远吹下去。风声在它耳朵里变成了甜美的音乐，它尽情地打着瞌睡，偶尔会从梦中惊醒，盯着那一把新添的干草发一会儿呆。然后，它吃一会儿草，又听起外面的风声来，听着听着，就又打起了瞌睡，也许睡梦中又回到了那个遥远的冬季草场。在梦里，在它身边的也许是佩科斯，以及"摇摆的 R"牧场的其他马儿，而克林特——它唯一认识的真正的朋友——则在山脊上看着它。

冬天过去了，乌云的身体恢复了一些，又开始像一匹马了。接着，春天又来了，春天的气息总是让人们想出去走一走。有一天，那个去年夏天每天清晨来骑乌云的白发绅士又出现了，继续做它的固定客户。几天后，一位自称"非常喜爱马"的年轻小姐来到马房，询问她是否可以在天气好的时候每天下午骑一骑乌云。

马房老板让她先试骑了一次，注意到她对马儿照料得很精心，由此认为她会成为这匹老马的另一个固定客户。他觉得，如果她和那个白发绅士每天都来的话，乌云的工作量也就够了，从那以后，其他游客便不再有机会骑着乌云出去了。

要是在几年前，在乌云还是那匹牛仔们争着驯服的马时，它完全可以应付更多的游客，轻轻松松驮着他们往前跑。但现在，它已经老了，无法承受太多的工作，马房老板也意识到了这一点，极力想让它尽可能地延长工作时限。但乌云的肩膀和前腿正在快速僵化，它再也不能像以前那样大步前行了，每当前脚向前迈步时，它就像是把脚放在针尖上一样小心翼翼，尽可能避免自己的肩膀和其他部位因颠簸而疼痛。

有时候，它也想像过去一样风驰电掣般地疾驰，但也只是心里想一想罢了，它的老腿可跟不上那样的速度。当它还是牛仔竞技场上的烈马时，它的腿曾多次重重撞击地面，把许许多多的骑手从马鞍上甩了下来。第一年在马房工作时，它在镇上坚硬的石板路上跑来跑去，那无疑是"压垮骆驼的最后一根稻草"。它那老化的肌腱已经过度使用了。

但是，无论是每天骑着它的白发绅士还是年轻小姐，都没有注意到它的身体部位已经变得僵硬。它依然还能跑，而且似乎还愿意多跑几步，在他们看来，它就像一匹四岁的小马一样健康，能够健步如飞。两个人都把它照顾得很好，以至他们从没想过自己骑的是一匹老马，而这匹马其实早应该得到自由，在生命的最后几年好好休息。

每天下午，那个年轻的小姐都会来，来时口袋里装着糖块。她拒绝别人的帮助，独自给乌云套上马鞍，然后骑着它往一条景色优美的小路走去。她会轻柔地抚摸它的脖子，用手指梳理它的鬃毛，跟它说着话，任由它在石头和灌木丛中穿行，并不催促它。在最陡峭的山路上，她会经常让它停下来休息，有时还会取下马鞍，让它更好地歇一歇。这时候，她会从白色骑马装的口袋里掏出几块糖给它吃。

乌云刚开始吃糖时并不怎么喜欢，它对着白色的糖块嗅了嗅，然后打了个响鼻，但那位年轻的小姐一直把糖放在它的鼻子下面，直到它终于咬了一小口。味道还不错，它又咬了一小口，一小口接一小口，最后，它会主动要糖吃，而那位小姐也总是带糖给它吃。有时，那位年轻小姐骑在它背上时，它甚至会停下脚步，回头看向背上的她，很明显是在告诉她，它还想要一个白色糖块。当她牵着它走在它身边时，它还会一直试图把鼻子伸进她的口袋里去找糖，它知道她把糖藏在哪里了。

如果那些在乌云还是杀人烈马"美洲狮"时就认识它的牛仔看到它现在这副向年轻小姐讨糖吃的模样，该多么惊讶呀！而对于这位年轻小姐，要是她知道在不久以前，她的那只手只要伸到这匹马嘴巴够得到的地方，肯定会被齐腕咬断，也该多么惊讶呀！

事实上，她知道情况后确实很惊讶，但之后她就猜想，这匹马之所以那么凶，肯定是因为受到了什么人的粗暴虐待。她没猜错，只不过那是个卑劣无耻的偷马贼，连人都称不上。要不是他出现在这匹马的生命中，世界上就不会有"美洲狮"，它仍然会被北方牧场的人称为斯摩奇，被认为是有史以来最好的牧牛马。

但无论如何，不管现在这匹名叫乌云的马过去多么有名，多么辉煌，和这位年轻的小姐都没关系。对她来说，这匹马是她见过的"最可爱的马"，她一直喂给它糖吃。要是她知道用糖块喂马不太好的话，她肯定会在口袋里装上一把谷物，或者其他更适合马的肠胃的东西，但她不知道。她这么做也是出于好意。

温暖和煦、春光明媚的日子到来了，在这样的天气里，人和动物都喜欢寻找阳光最为充足的地方。随着春季最后一场风雨的结束，乌云休息的日子也结束了。一个风和日丽的下午，那位年轻的小姐来到马房，给乌云上好马鞍，期盼着接下来的出行，而马儿也蓄势待发（尽它最大的努力）。这位年轻的小姐也被闷坏了，所以她兴致勃勃，和马儿的心情一样。

老乌云走出马厩，几乎感觉不到四肢的僵硬，它的蹄子仿佛要腾空而起，而不愿意在地面行走。这匹老马表现出非常想向前奔跑的模样，年轻的小姐也不打算阻拦它。马房老板曾告诉过她，偶尔让它跑一跑也无妨，只跑一小段路没问题。于是，她身体前倾，伏到马鞍上，纵马跑了起来。

乌云往前奔跑着，跑了一英里又一英里，感受着路上景色的变化。乌云的身体随着奔跑开始活动开来，腿部的僵硬感消失了，它感觉自己又变得年轻起来，有如一匹四岁的小马一样奔驰在陡峭的山路上，完全不像是一匹年老体衰的老马。汗水开始从它身上往下滴落，随着连续不断地快速奔跑，汗水变成了白色的泡沫。

它全身都被汗水浸透了，周身热气腾腾的，但它还想继续往前跑，就像背上的年轻的小姐一样，奔跑的兴奋冲昏了它的头脑，人和马都没有意识到他们已经跑得太远了。她的头发迎风飞扬，帽子掉了，她也并不在意，继续纵马奔驰。她脸颊微红，面带微笑，满是欢喜和愉悦的神情。

小路沿着溪流和峡谷而上，山路越来越陡峭，老马的呼吸也越来越急促，直到最后，它完全张开鼻孔也喘不过气来。此时它应当放慢速度，否则就会摔倒在地。但乌云并没有放慢速度，也没有表现出任何想要放慢速度的迹象，它是那种永不言弃的马，只要心脏没有停止跳动，就会坚持到底。

年轻的小姐完全没有意识到这一点，她继续骑马驰骋，尽情地享受着这一切。这天下午，她本可以一直骑下去，直到这匹老马倒地而亡，幸好小路突然断了，他们无法再继续前进了。在春季解冻时，小路被暴涨的溪水冲毁，路面断了一个十英尺宽的口子，水很深。

她停了下来，从快速奔驰带来的兴奋劲中清醒过来，开始寻找可以过河的地方，但没有找到，唯一的办法就是沿着来时的小路返回。

她把手放在乌云的脖子上，想告诉它"可惜，小路断了"，但她始终没能说出口。马身上的汗水和白沫让她的话卡在了喉咙处，她这才注意到马的呼吸有多急促。

奔驰带来的快感立刻就被担忧和恐惧替代，当她意识到这一点，思考着要怎么做时，她突然又变得紧张起来。她下了马，睁大眼睛看着它。她从没见过一匹马像它这样浑身颤抖个不停，身体摇摇晃晃，看起来几乎站不住了，好像随时都会倒下一般。乌云已经体力透支了，它站不稳的模样让她更加害怕。她必须做点什么，而且是立刻做点什么。

她想到的第一件事是给马降温，以免它因过热而晕倒。她拉扯着马鞍上的肚带，把肚带松开，然后把马鞍扯下来，连同鞍毡一起扔到了地上。马背上立刻热气腾腾，看到这一幕，她更加害怕了。这时，她发现了不远处的小溪。

她小心翼翼地牵着马走到水边，然后思考了一下能让马快速降温的办法，她觉得把马牵到水里去的主意不错。她从一块大石头跳到另一块大石头上，终于找到了一个水能没过老马膝盖的地方。她把马牵过来，让它站在水里，然后自己用双手捧起冰冷的水泼在它的胸口、肩膀和背上。

就这样过了半个多小时，老马终于不再颤抖，身体好像已经凉快了下来，呼吸也恢复了正常。过了一会儿，它喝了一口水，接着又喝了几口，她看着它的样子和动作，确信最糟糕的时候已经过去，这匹马得救了。她笑了起来，抚摸着它的脖子，看到它的身体恢复常态，才松了一口气。

当她终于确定乌云没事了，可以回去的时候，太阳已经照到了西边的山峰上。这时它身上已经干了，摸上去也不热了，之前这一段时间，他们一直待在峡谷的背阴处，而这个季节山里的背阴处还有点凉，所以当她把它牵回到放马鞍的地方，重新给它套上马鞍时，这匹老马已经冻得快发抖了。

与出发时相比，骑马返回马房的过程就像是去参加一场葬礼。马儿一路上都慢悠悠地走着，年轻的小姐则小心翼翼，只选最容易走的路。她一路上都在担心，因为她发现这匹马似乎和以前不一样了，它的步子不那么稳了，地上没有绊脚的东西，它也会趔趄一下，接着就像虚脱了一样摇摇晃晃起来。

直到天黑，他们才终于回到马厩，马房老板已经在那里等着了，他微笑着向年轻的小姐打招呼："您走之前给乌云喝水了吗？"

"没有，"她说，"但我在要返回时，让它在山上喝水了。"

"我之所以这么问，是因为我新雇的马夫今天早上忘了给它喝水了，或者说，他认为是我已经让它喝过水了。"

第二天，白发绅士没能骑上乌云，其他任何人也同样没能骑上它，因为这匹马连走出马厩都很困难。它的腿僵硬得像木棍一样，无法弯曲，它的头几乎垂到了地上，马槽里的干草一根也没动过。

那天中午，年轻的小姐来到马厩，一见到它那副模样就差点哭出来，见到马房老板走了过来，她才尽力把眼泪憋了回去。

"看来它不行了。"马房老板走过来说。他没有问年轻的小姐做过什么，因为他看了一眼那匹马，就比她更清楚事情的原委。他认为，一个人既然做租马生意，就必须承担一定的风险，此外，年轻的小姐看起来如此沮丧，他也不忍心再说她了，只想说点什么让她能开心一点。

"我会尽力给它治病，也许能让它好起来。"

年轻的小姐听了他的话后又燃起了希望，于是眼睛一亮，问道："我可以来帮忙吗？"

从那以后，年轻的小姐每天骑马的时间都是在马厩里陪着乌云度过的。她买来各种各样的涂抹药膏和药物，用到了老马身上。马房老板看到她如此尽心尽力，也只是摇摇头。他知道她做这些已经无济于事了，即使这匹马真的好起来，它也永远恢复不到能当骑乘马的程度。

这匹马的身体已经垮了。二十四个小时没喝水，然后一路奔驰，大汗淋漓，接着在寒冷的溪水中骤然降温，又喝了大量的冰凉溪水，马的身体一下子就垮了。

它没什么用了，也许还能做一点慢活，拉拉车什么的。

一个月过去了，马仍然在接受治疗，年轻的小姐一直满怀希望。有一天，她来到马厩，发现马不见了。她四处寻找马房老板，找了好一阵，终于在干草棚里找到了他。

"我想，"试图躲着她的马房老板说，"最好还是把它放了，北边有一片很好的草场，我觉得放它到那里去吃点新鲜的草，可能对它更有好处，于是我就送它去了那里。"

但那一片根本没有什么好的草场，方圆上百英里都没有。马房老板为了顾及她的感受说了谎，他知道这时把老马放走或许只会让它饿死在外面，但同时，他也养不起一匹没用的马，于是只有一条路可走，他把马卖给了一个专门收购老马的人。那个人买老马是为了将其杀掉做鸡饲料。

第十四章

重回草原

　　那个专门收购老弱病残这类马的人把乌云牵走了。他在镇外不远处有一小片长着盐草的草场，他把这匹老马牵到那里，和另外几匹老马放养在了一起。等到镇上哪个养鸡人需要马的尸体来喂鸡的时候，他就会把其中一匹状态最差、看起来活不了多久的马杀掉拉走。

　　看上去，鼠灰色马离生命的尽头不远了。它作为"斯摩奇"和"美洲狮"时所创造的辉煌，所获得的名声，在它成为"乌云"的那一刻，就已经消失殆尽了。现在，它连名字都没有了，只是"鸡饲料"，如果它继续在这片草场上待下去，很快，随着一声枪响，它做过的一切，所有赢得的荣耀都会烟消云散。

但这匹老马没有想到这一点，因为它还不想放弃。它那僵硬的老腿还能走动，在马房里接受的治疗让它恢复得比预期要好。现在到了草场，它可以随心所欲地走来走去，这让它的身体又恢复了一些。此外，它那颗衰老的心脏还很强壮，它的肋骨上还长着不少结实的肌肉，加上有盐草和狗尾草可以吃，它不仅能活下去，还能活得不错。

几个星期过去了，每隔几天，就会有一匹和它在草场一起生活的老马被抓住，被牵走，然后一声枪响传来，那匹马就消失不见了。接着会有其他老马被牵来，和它们一起吃草，然后一匹接一匹地消失，之后又有更多的老马来取代它们的位置。

这匹鼠灰色老马看起来应该还能活很长时间，总之，草场的主人一直养着它，也许是为了不时之需，防止出现订单来了却没马可供的情况，因为这样的马很难买到。

有一天，来了一个人，他把所有的老马都看了一遍，最后，他做好了决定，用手指了指那匹曾叫乌云的马。这匹马被抓住，然后被牵走，离开的方式与其他那些消失的马一样，但没有任何枪声传来。取而代之的是一阵讨价还价的争吵声。

乌云被牵到一匹已经瘦得完全没了形的老马旁边，这匹老马被套在一辆轻便马车上，看起来几乎站都站不稳。两个人的目光从它身上移到乌云身上，盘算着这两匹马哪一匹更值钱，值多少钱。

最后，讨价还价的声音终于平息，双方似乎都很满意。一方补了另一方三美元，交易终于完成。车上原来的那匹老马被解了下来，马具也卸了下来，然后它被牵进了草场。接着马具被再次拾起，套到了乌云的背上，此时，乌云那颗衰老的心脏漏跳了好几拍。

这匹鼠灰色马曾是一匹很难骑的马，却是一匹真正的骑乘马。背上的马具给这匹老马的感觉，就像把铁锹或干草叉交给一个牧牛人去使用，这让它觉得简直是一种耻辱。当马背上的马具套在它身上时，它不由得打起了响鼻，但给它套马具的那个一脸黑色络腮胡的家伙似乎根本没有注意到这些，或许他根本不在意它的感受，不在意它对颈圈或其他带子是否排斥。

他继续系马具，系好后，他猛地拽着老马转了一个方向，让它倒退着走到那辆破败不堪的旧马车上的车辕处，刚刚那匹瘦得只剩骨架的老马就是从那里被解下来的。乌云不停地打着响鼻，随着车辕的抬起，它一会儿看看左边，一会儿看看右边。如果它能按照自己的意愿行事就好了，但它没有力气反抗，精力上也不允许，所以它没有任何行动。它最多只能打几下响鼻，抖一抖身体，再摇摇头。

但是，当马车连接完毕，那人跳上马车，拿起了自己的鞭子时，老乌云仍是竭尽全力往前拉，试图找回一点曾经的活力和奔跑的速度。它对着马车那嘎吱作响的车轮踢了几脚，然后又试着跳了几下，最后想到要逃跑，但是它已经被马具固定住了，无论它走到哪里，身后那嘎吱作响的东西都会跟着它。更糟糕的是，当它奋力挣扎，试图摆脱束缚时，它感觉到了那人手中的鞭子带来的刺痛，然后它嘴里的嚼子猛然被拉动。这一切表明挣扎和逃跑全都是白费工夫，老马很快就气馁了。最后，它终于收了心思，先是一动一停地往前迈着步子，然后开始小跑，小跑时也忽快忽慢，最后才正常地走了起来。

它的胁腹又被鞭子抽了一下，与此同时，缰绳也被猛地拉了一下。乌云拉着马车，被逼着拐进了一条小巷。巷子尽头有一个用旧木板搭成的棚子，上面盖着旧油罐的铁皮。棚子右边过去一点还有一个棚子，看起来和第一个很像，只是比第一个还要破败，这个棚子将会是乌云工作结束后休息和栖身的场所。

它被缰绳勒停，那人把它从马车上解下来，牵到马槽边拴好，然后马厩门砰的一声关上了。不管发生了什么，这匹老马仍然想坚持活下去。过了一会儿，它把鼻子伸进马槽里，想要啃几口里面的东西。它想当然地认为里面装的是干草，于是吃了一口，嚼了一会儿，但没多久就嚼不下去了。口中那干草有一股霉味，和它以前吃过的干草相比差得太远。放在这个马槽里让它吃的干草，在马房老板那里是用来垫在马厩里让马睡觉的那种草。这是稻草，还是发霉的稻草，连垫马厩都不合适。

第二天清晨来临之前，乌云早就觉得饿了。夜里，它用鼻子在发霉的稻草堆里翻找，希望能找到几根能吃的草来填补饥肠辘辘的肠胃，却一无所获。在它之前的那匹老马已经找过很多遍了，运气也并不比乌云好。乌云的新主人认为和"鸡饲料供应人"换马比较划算，所以只要他的马一出毛病，他就补几美元换一匹，他可舍不得为一匹马购买高价的干草。就连这些稻草也是交换马匹时对方给他的，至少能让马活着工作六个月。之后，当马虚弱得不能再工作时，他就会用它再换一匹马，毕竟任何一匹马，无论肥瘦，都能作"鸡饲料"。在交易中，他总是选择那人手里最肥的一匹马来替换自己手里已经被饿得奄奄一息的马。这样，年复一年，他不断榨干每一匹落到他手里的马。

　　他有一块大概两三英亩的土地，这也是他让马饿着肚子为他干活的地方。那块地有一大半都被碎石覆盖，他在那里只养了几只鸡。他有时会买一点或者偷一点谷物给它们吃，但它们全都给他带来了回报。每次他去镇上，马车上都会放一篮子鸡蛋，鸡蛋卖得很好。那块地的另一半是耕地，种着各种蔬菜，这里才是需要马干活的地方。马需要拉犁或耕地，还要把蔬菜拉到镇上去卖。另外，到了镇上，他还会尽力找零活干，用他的马和马车帮别人拉东西挣上几美元。

　　第二天一大早，天刚亮不久，乌云的工作就开始了。男人在给马套马具时，看了一眼马槽，注意到里面的稻草几乎没有被动过，便咧嘴笑着说："你总有一天会吃的。"

　　那天，乌云熟悉了许多不同的工作和工具。对它来说，这些工作都很陌生，与它以前接受驯化而去做的工作大相径庭。现在它要做的就是拉着工具不停地走，拉完一个工具，又换上另一个工具，不断在耕地里来来回回，将工具拉到土地尽头后，掉头再往回拉。如果它脚步慢下来，或是稍有迟疑，不知道下一步该怎么做的时候，鞭子很快就会落在它身上，让它迅速做出决定。

它的肌肉是在马鞍下锻炼出来的，习惯负重，因此，要接受现在的变化不太容易。脖子上套着颈圈不断用力拉，与直接往前冲去阻拦逃跑的牛截然不同；和从栏道里腾跃而出，看看弓背跳跃多少次能把背上的骑手甩掉也完全不一样；甚至无法与驮着游客四处奔走相提并论。它套着马鞍时感觉很自在，尽管所有的工作都是实实在在的工作，但有一些更适合它，让它感觉更加自在。

而现在，所有这些带子挂在它的身上，让它有一种被完全束缚住的感觉。有时它甚至感觉这些带子仿佛缠住了它的心脏，让心脏无法跳动。它的工作艰苦而陌生，鞭子还不断抽打在它的肋骨上，一天下来它累得筋疲力尽，却没有什么东西可以吃，所有这些加在一起，都让老马的心一天天慢慢死去。

这样漫长的日子一天一天过去，熬了几个星期后，地里和镇里的活计几乎压得这匹老马喘不过气来，它甚至连恨都恨不起来了，虐待或善待对它来说都一样，无论受到何种对待，它都无动于衷。它几乎是无意识地在往前走。当夜色来临，它终于被牵进马厩时，它也没有任何感觉。它在马厩里吃着发霉的稻草，只是因为稻草就在它的鼻子底下，它不介意稻草的味道，不再介意任何事情。

乌云的新主人只要能抽开身，就会到镇上找一些零活干，其中有一件他最为期待，一想到这活计，他就兴奋得摩拳擦掌，那就是张贴镇上每年初秋举办的牛仔竞技会和庆祝活动的海报。但活计还不限于此，在活动举办期间，还有不少其他事情可做，他可以趁机挣不少钱，别人却不会发现他是否真的按要求完成了工作。

这一年，他像往年一样做好准备，准时到达了镇上，想要接更多的零活。他把鼠灰色的老马套到车上，装着一车蔬菜来到镇上，在镇上满大街转悠，做着牛仔竞技协会交给他的各项工作。他一整天都在镇上，用鞭子催促着老马东奔西跑，有时甚至在马车满载的情况下让老马快跑。

直到夜里，他才让疲惫的老马掉头回家。对他来说，每天都是美好的一天，小镇上来了许多人，变得热闹非凡。由于大多数人都是陌生人，他很容易就能和他们聊上几句，有几个人甚至愿意跟他聊上好几分钟。

这些陌生人是来看牛仔竞技会的，他们中的大多数人都来自附近的城镇，偶尔还能在人群中看到戴着高顶帽的牛仔，他们是来参加骑烈马、套牛和斗牛比赛的。此时的卡萨格兰德旅店里，还住了许多北方各州来买牛的人。

卡萨格兰德旅店里住的人最多，因为在这里，除了可以做买卖牛的生意，还可以找点其他乐子。酒店所在的镇子上在举办牛仔竞技会，晚上还有庆祝活动。由于买牛的客商们以前也是牛仔，他们身上还保留着牛仔的特质，因此对他们来说，一场精彩的牛仔竞技会和赛后的娱乐活动绝不容错过。他们经常这么说："没错，镇上真的很热闹。"

一天早上，两位买家在旅店大厅里谈论着牛仔竞技会第一天的活动。一根电线杆就竖在酒店外面的人行道边上，杆子上贴着一张牛仔竞技会的广告海报，上面印有一匹正在弓背跳跃的烈马的照片，文字写着："伟大的烈马'灰美洲狮'，其暴烈程度和弓背跳跃能力，唯有著名的杀人恶马'美洲狮'能与其相提并论。"

两人聊着牛仔竞技会，自然地聊到了"灰美洲狮"，聊到了它如何好斗难驯。

"牛仔们告诉我，"其中一个人说，"这匹'灰美洲狮'在弓背跳跃和好斗方面比不上原来那匹真正的'美洲狮'。照这么说，'美洲狮'一定十分厉害。"

那人还在说着这个话题时，一匹鼠灰色的老马拉着一辆装满蔬菜的旧马车停住了僵硬的脚步，正好停在贴有宣传'灰美洲狮'海报的电线杆旁，似乎与著名的'灰美洲狮'形成了鲜明的对比。坐在大厅里的那人看到这一幕，不由得笑了起来，他用手指着老马的方向说："那一定就是老年'美洲狮'了，克林特，至少它们的颜色一样。"

叫克林特的那个人听到这句话笑了一下，但笑容很快就消失了，他盯着那匹老马看，注意到了它那极差的身体状况。接着，他看到马背上到处都是鞍痕，他说："这也说不准，那匹老马可能曾经真的是一匹难驯的马，但看它现在的样子，那应该是很久以前的事了。"

"是呀，"另一个人附和道，"那匹马还能走真是个奇迹。我在想，在牛仔竞技场附近转悠的动物保护协会的人怎么就没注意到它的状况呢？我真想帮着他们把赶马车的人吊起来，马都这样了，还赶着它到处跑。"

两人的谈话暂时中断了，因为他们看到一个满脸络腮胡的男人提着一个空篮子从旅馆出去，爬上了那匹鼠灰色老马拉着的马车，同时抓起缰绳和鞭子，赶着老马小跑起来。

当克林特看到鞭子落在老马的身上时，忍不住站了起来，但另一个人抓住他的胳膊说："别担心，老伙计，他很可能还没走多远，就会被动物保护协会的人拦住了。"

那个叫克林特的人又坐了下来，但他内心已经极为愤怒。当他们继续之前的谈话时，他看起来很不高兴，他的朋友把话题从老马身上转移到了其他事情上。他的朋友谈论起北方牧场的事情，但并没能很快转移他的注意力。这位朋友听有传言说，"摇摆的R"牧场可能再过一年左右就要被卖掉了，问道："这很奇怪，为什么呢？"

克林特看向他的朋友，对他转移话题的做法笑了笑，最后回答："我猜是因为老汤姆感觉到自己所剩时日不多，而且周围出现了很多小牧场，他的牧场的生意不如以前了。"

"但要是把'摇摆的R'牧场卖了，你打算怎么办？过去几年，你好几次从那儿离开，但我注意到你总是会再回去，好像其他地方都不适合你似的。"

"我已经解决了这个问题。"克林特的注意力逐渐被吸引到这个新话题上来，他说，"你知道我刚开始为'摇摆的 R'牧场工作时，曾经驯马的那个营地吗？那是牧场用来放养牧牛马的地方。我从老汤姆·贾维斯手里买下了那个营地，也就是说，我说服他把营地卖给了我，还买下了周围四千英亩的优质草场。

"我想，我现在要买的这批货，将是为老汤姆采购的最后一批牛了，等我把这一车索诺拉①红牛运到北方，交到他手里时，我就有足够的钱付清我那块地的尾款了，还能剩下一笔钱买几头牛，开始我自己的养牛事业。"

克林特经常想起自己在北方牧牛草原上的那片小地方，他想象着自己的牛群在那里吃草，光滑的皮上打着他自己设计的烙印。他盼了很久，终于盼到了这一天。

---

① 墨西哥的一个州。——译者

再过几天，他将返回北方，这次他将留在那里。

牛仔竞技会的最后一天到了，克林特当晚就要带着他的一车牛返程。那天傍晚，他和他的朋友在旅店大厅里聊天，双方依依惜别，就在此时，那匹鼠灰色的老马又来到了外面的电线杆旁，几乎正好停在两人几天前看到它的地方。

这次，两人很快就发现了它，不知为何，他们的谈话无法再继续下去了。第一次看到那匹老马的情景还历历在目，当它第二次出现在他们眼前时，就像在提醒他们什么似的，自然地引起了两人的沉思。那匹老马孱弱的身形似乎在诉说着它生命中的那些苦难，诉说着它曾经的辉煌和荣耀，诉说着要是它能得到善待，它本可以活得更好。

就在他们这样沉思的时候，克林特隐隐约约感觉记忆深处有什么东西动了一下。当他的目光不断扫过老马那张长着白斑的脸庞和瘦骨嶙峋的身躯时，埋藏在记忆深处的某样东西正努力想要探出头来，但它被埋藏得太深了，必须出现某种突然的震动，才能帮助它露出头来。

当那个卖菜的人坐上马车，像往常一样伸手去拿鞭子时，克林特的脑海中猛然一震。克林特的朋友为了防止他跑出去闹事，试图通过问问题来转移他的注意力："那匹叫斯摩奇的牧牛马现在怎么……"

但这个问题只能留给他自己去想了，因为克林特已经不在他身旁了，只听见砰的一声，旅店的门关上了，他从大厅窗户里看到了克林特一闪而过的身影。说时迟那时快，克林特已经爬上了马车，一把抓住那个被惊得一动不动的蔬菜贩子，拽着他的络腮胡，把他拽起来扔到了地上。

地方治安官办公桌上的电话铃响了起来，铃声几乎震得听筒跳起了舞。治安官拿起听筒，只听到一个女声大喊："有人正拿着鞭子杀人，就在卡萨格兰德旅店门口。快点来，要快！"

治安官出现在现场，只看了一眼就摸清了现场的情况。毕竟他是专业的，他开始用眼睛寻找引起纠纷的源头。他看了看那匹老马，老马瘦得皮下的骨头都快露出来了，浑身都是鞭痕。他对马的了解不亚于对人的了解，当他注意到那个满脸络腮胡的男人脸上有更多的鞭痕时，他停住脚步，然后笑了起来。

"我说，牛仔，"他终于开口了，"别把这个家伙打死了。你知道的，我们还要做记录呢，我可不想为了弄清他的身份，满大街去找人问。"

克林特闻声转过头来，打量了一下脸上挂着笑的治安官，重新看向地上的家伙，在他的头顶上把鞭子的手柄折断，然后擦了擦手，走过去把老马从马车上解下来。

那天晚上是在"调查工作"中度过的。克林特和治安官去找了那个收马做"鸡饲料"生意的人，从他那里打听到了许多关于那个菜贩子的情况。凭菜贩子对待马的残暴程度，足以把他关进阴凉的牢房里一段时间了。

"我很高兴我们发现了那个家伙的不法行为。"治安官说。他正和克林特前往下一个调查地点——马房。

克林特在马房那里听得十分仔细认真，得知了当那匹鼠灰色马叫作乌云时的许多情况。马房老板将他所知道的关于这匹马的历史和盘托出，他说这匹马曾在西南各州和其他许多地方十分有名，当时它被称为"美洲狮"，它是这一片区域最凶狠、最好斗的烈马。

克林特听了这些话感到有些自豪。他听说过"美洲狮"，那匹马的名声甚至传到了加拿大边境。他自言自语道："斯摩奇做事从不半途而废。"但他又觉得有些纳闷，向马房老板问起它怎么会变成那样一匹暴烈的马。关于这一点，马房老板也不清楚，他还是第一次听说这匹马以前不是这样。他想了想又说：

"听说这匹马被人发现时是在沙漠里，几个牛仔发现了它，当时它和一群野马在一起，身上还系着马鞍。没有人来认领它，因为这匹马当时非常喜欢尥蹶子，对人充满敌意，所以就被当作竞技用马卖掉了。相信我，伙计，它是一匹很了不起的竞技烈马。"

"好吧,"治安官说,"这又是一条断掉的线索,有等于没有。"

当晚,火车头按照计划挂到了满载牛群的一列车厢上,呼哧呼哧地向北方驶去。最后一节车厢,也就是供乘务人员休息的车厢隔壁的那节车厢,里面隔出了一块空地,空地上放着一捆上好的干草和一桶水,还有一匹鼠灰色的老马。

接下来的这个冬天与这匹鼠灰色老马所经历过的任何一个冬天都截然不同。冬天的前半段,它过得恍恍惚惚,什么都不在意,眼里几乎看不见任何东西。它那颗衰老的心脏已经萎缩,心中仿佛只剩下一簇微弱的火苗,一有风吹草动,火苗就可能熄灭。

克林特把这匹老马安置在一个温暖的分隔栏里,马槽里装满了最好的干草,还用同样的干草给它垫在身下,分隔栏里也放了水,老马很容易就能喝到。克林特给它买了很多价值不菲的康复药品和其他补身体的东西,这些加在一起,其效用号称能让一具尸体起死回生。

两个月过去了，似乎还没有一丝起色，但克林特仍在努力，没有放弃希望。他把老马牵到屋子里，在炉子旁给它准备了一张床，希望这样能有所帮助。这么说吧，他什么都愿意做，只要能让这匹老马的眼睛里露出一丝生机。但他能做的都已经做了，还是没有效果。当他把手放在老马瘦弱的脖子上，抚摸着老马的皮毛时，心里会忍不住诅咒，希望能有机会把那个造成这一切的人的脖子扭断。然后，他的表情会发生变化，几乎想要放声痛哭，因为他又想起了过去，忍不住将这匹老马与过去的它相比较。

虽然克林特很喜欢以前的斯摩奇，但他也同样喜欢如今这匹瘦得不成形的老马，它在克林特心中占据了很重要的位置，现在尤是如此，因为这匹老马比以往任何时候都更需要他这个朋友的帮助。虽然这匹老马已经不值钱了，但克林特对它比以前它身价四百美元时还要上心。

克林特日日夜夜精心照料着老马，每天都生活在担忧之中。多日之后，终于，克林特欣喜地发现这匹老马的皮开始恢复弹性。在持续把干草、谷物、康复药品和其他补品塞进老马的喉咙一个星期左右之后，老马的骨头和皮下之间开始长出一层肉来。接着有一天，老马的眼睛里闪出了一丝光亮，不久，它开始对周围的事物产生兴趣。

随着皮下一层又一层的肉和脂肪的堆积，老马那瘦骨嶙峋的身体开始变得稍微圆润。它对周围事物的兴趣也越来越浓，又过了一段时间，它有了更清晰的视野，甚至把边上这个人也看在眼里，这个人不停地在它身边来来去去，时不时摸一摸它，还和它说说话。

有一天，当克林特和老马说话时，偶然说到了"斯摩奇"，他注意到这匹马竖起了一只耳朵，这个发现让他高兴得跳了起来。

从那之后，这匹马的恢复速度越来越快。在寒风呼啸的冬日逐渐过去，初春马上来临之时，克林特再也不用担心斯摩奇挺不过去了。随着白天越来越长，太阳越来越暖和，克林特有时会把它牵出去，让它在阳光下走一走，这么做可以促进它的血液循环。有时，斯摩奇在附近溜达几个小时后，会开始向某一条小路奔去，但它总会在太阳下山时，出现在马厩门口，然后克林特会把它放进去。

　　每当这匹马在外面漫步时，克林特都会在一旁看着它。他一边看，一边想着这匹马是否还记得这里，它在不同的地方受到他人的欺负，是否永远忘记了自己的家乡，以及与家乡有关的一切呢？不远处就是它出生的地方，现在被白雪覆盖的群山是它长大的地方，当它还是妈妈身边的小马驹时，它曾在那里无忧无虑地奔跑玩耍。马厩和牲口棚旁的畜栏，是它第一次被人赶进去烙印的地方，几年后，它在那里被驯化，成为一匹骑乘马。但此时的克林特最想知道的是，斯摩奇是否还记得他。

　　牛仔一直希望，有一天早晨打开马厩门时，马儿会嘶叫一声来迎接他。克林特觉得，如果这匹马还记得自己，它就会像以前一样，一见到自己就嘶叫一声。但是，一个又一个早晨过去了，尽管斯摩奇看上去很有活力，体态也已恢复，克林特却再也没有听到它嘶叫。

有一天，他停下脚步，像往常一样一边看着那匹马，一边出神。他说："一定是有人曾经伤透了这匹马的心。"

春天如期而至，结束了寒冷的冬日。山脊上的积雪融化，绿草钻出地面，溪边的棉白杨树开始发芽。就在这样一个春光明媚的日子里，克林特骑着马在原野上巡视时，遇到了一群马，马群里有几匹才几天大的小马驹。他知道老马对小马驹有浓厚的兴趣和强烈的好感，于是觉得看到这些小马驹一定会让斯摩奇的心情大好，说不定还会让它想起过去。他跟在马群后面，把它们都赶向畜栏。那天斯摩奇正在外面溜达，远远地发现了马群，它抬起头，然后注意到了那些小家伙，突然它以它的身体允许的最快速度奔跑起来，冲向马群，冲到了马群中间。

克林特把斯摩奇和其他马都关到了畜栏里，骑着马站在门口，看着它和马群成员一一相识的过程。这匹马躲避着其他马的踢打和撕咬，在马群中跑来跑去，眼睛里闪烁着许久都没有出现过的光芒。

克林特甚至看到这匹老马在对小马驹微笑，它表现出的热情和兴致让他十分惊讶，它表现得就像一匹两岁的小马，克林特看着不由得露出了笑容。

他说："那副老骨头，在我看来，还很健康，它还能开心地活很多个夏天。"然后他又想了想，接着说："也许到时候，它还能再想起我，我很期待。"

他继续看了一会儿斯摩奇，看到它与马群慢慢熟悉起来。他最后决定，把它放归自然，和马群一起走，这或许是对它最好的选择。于是他打开畜栏门，让马群跑了出去。当马群冲出去时，老马似乎有些迟疑，它很喜欢和它们待在一起，但冥冥之中又有什么东西让它犹豫不决。这时，一匹马嘶叫了一声，尽管那叫声可能不是叫它的，但足以让它下定决心。它迈开步子，朝着马群快速跑去。其中一匹调皮的小马驹正等着它，小马驹咬着老马的胁腹，跑在它的身边，然后一起赶上马群——斯摩奇又活过来了。

克林特坐在马背上，看着马群越过山脊，消失在视线中，他最后瞥了一眼那个鼠灰色的身影，露出了一丝笑容，但那是遗憾的笑容。他一直望着斯摩奇远去的方向，说：

"我想知道他会不会记起我。"

青草长得很快，每天都能长近一英寸，因此克林特并不太担心斯摩奇的状况。他认为一匹马只要想活下去，它肯定死不了，何况是在一年中的这个季节。但无论如何，过了几天，他还是想去原野上找那匹老马，看一看它到底过得怎么样。后来，很多工作接踵而至，克林特不得不推迟了去找老马的日子。一天清晨，天刚亮不久，当他走出门去提水时，看见早晨的阳光将一个身影投射到门上，当他把头伸出去看时，听到了一声马的嘶叫。

克林特听到后大吃一惊，水桶都掉到了地上，然后他就看见了站在不远处的鼠灰色老马，它浑身的皮毛光亮顺滑。克林特对它的精心照料，以及家乡草场的滋养，对它身心的恢复起到了很好的作用。斯摩奇的那颗心又活过来了，而且是完完全全地活过来了。

斯摩奇只知道一种生活方式，
那就是自由。